GOBOOKS
& SITAK
GROUP©

後來——，
我喜歡的人
都像你——

萬詩語　　著

四十二封情書，

把我的愛，用一紙信箋抵達你的靜美。

輯一

因爲有了人海，相遇才顯得意外

輯二

喜歡你，是一場漫長的失戀

輯三

最美不是下雨天，而是與你躲雨的屋簷

輯四

我想知道你的心事，或者成為你的心事

輯五

如果世界對你不溫柔，我願做你的世界

輯六

後來，我喜歡的人都像你

前　言

　　在情竇初開之際，那種怦然心動的喜歡，只是一種感覺。而恰是這種朦朧的感覺，讓青春的愛戀變得含蓄而雋永，令人回想和難忘，彷彿那種感覺賦予了青春存在的意義。

　　那種愛戀好似青澀的果實，酸澀中帶著甜蜜的味道，清醇沉澱透明的情感，悄悄泛起絲絲漣漪。也正因為它的青澀，才會顯得那樣的珍貴，它的美不似成熟的豔麗炫耀枝頭，不似盛夏的雨幕酣暢淋漓，而是青中泛紅的羞怯，甜中微苦的滋味。

　　你看向我的時候，世界突然變得一塵不染，從那時起，不管我念與不念你，你都沉澱在我眼裡；不管我想與不想你，你都落入我腦海裡；不管我喜歡你還是討厭你，你都深深地埋藏在我心底……如一條湍急的河流在我的心裡波濤洶湧，而我，卻無法泅渡。原來，我已無法自拔地愛上了你。

　　於是，想寄一封情書給你，把自己寫給你看……。

如果，晴天是快樂的理由，你就是我的晴天；如果，陰霾是羞澀的表情，也只因你的存在而值得留戀。你猶如一陣輕風，吹皺了我的心湖，留下平平仄仄的波紋讓我獨自撫慰；你是一縷淡雅的幽香，留下淡淡的餘香讓我沉醉；你是一段悠揚的樂曲，餘音依然在我耳畔縈繞……。

喜歡著你的時候，有時心裡潮潮的、濕濕的，飽滿得像漲了水的河；有時又空空的，像河床上攤曬出來的帶著光芒的石頭；有時心裡軟軟的、潤潤的，像趁著雨水長起來的柳梢；有時又悶悶的、燥燥的，像點燃了又燃不烈的柴火。

想念著你的時候，我會偷偷地笑，像個孩子一樣，不為心愛的玩具，不為蜜甜的糖果，只為想著你時的美好；想念著你的時候，我還會獨自的傷感，像個戰敗的士兵，不是因為戰鬥的失敗，而是因為戰敗後不能捧著一束馥鬱的百合戴在你的頭頂。

可是比起愛你，我更怕驚擾了愛情，我一邊懷疑著自

己，一邊審視著自己，一邊可憐著自己，一邊也安慰著自己。想著各種理由來討厭你，討厭你佔據我所有思緒，討厭我的情緒受你控制，討厭你不知不覺成了我夢裡的常客，連你的模樣我也想過要盡力地忘記。

對你的心意未曾在嘴裡說出，也未曾在眼神裡透露，可是我的每一根頭髮、每一個毛孔似乎都在訴說著。

如果可以不愛你，我就沒有這思念的甜蜜苦楚。天不會因為你而顯得陰鬱，心不會因為你而寂寞。如果可以不愛你，失去你，我就不怕迷失了自己；得到你，我也不怕你哪天會離去。

可是，縱使不愛你有多麼好，可我還是想要對你告白。因為如果沒有你，這世界再多美好，對我來說又有什麼意義？

想把這封情書送給我最心愛的你，希望它沒有打擾你，

而我只是想告訴你，你是我青春裡那場註定會遇見的愛情，
我不說永遠，只希望，每個明天你都在。

輯一

因爲有了人海，相遇才顯得意外

遇見你，我的春天便提前到來了，
心裡滿溢著快樂，彷彿聽到花開的聲音。

明明只看了你一眼，
腦海裡卻和你過完了一輩子

在同一朵雲彩下，你看見我，我看見你，不遠也不近。你就在那兒，有樹有水。我沒有找你，我碰見你了；我沒有想你，我看見你了，你還能往哪兒跑呢？你是我今生今世最大的意外。這不是在夢裡，也不是在畫裡，看看你的長髮森林、你的明眸流水，都是我的家。

我從來沒有信仰，也不相信命運，直到有一天，遇見了你。之後的時光，我的世界變得簡單無比。人分兩類，是你和不是你；時間分兩類，你在的時候和你不在的時候。我不想要什麼禮物，只是想，當我需要你時，你能在身邊；當我說話時，你能用心聽；當我難過時，你能給我一個擁抱。

炎熱的盛夏，愛情沒有和任何人打過招呼就來到了我們的身邊，正如你沒有打過招呼一樣，就悄悄地出現在我的視野中。愛是一種奇妙的際遇，本是陌生人的你，因為一場相遇，突然之間就成為了我的整個世界。

你知道嗎？一個人與另一個人，相遇的可能性只有千萬分之一，成為朋友的可能性大約是兩億分之一，而一見鍾情的可能性只有五十億分之一。緣份，是種很奇妙的東西，世界那麼大，有那麼多人，我卻遇見了你。只是那麼一個偶然，只是那麼一個巧合，你我拉開了同一片天空的帷幕。

　　你笑起來的一瞬間，寒冬的冰雪也漸消，春風融化了我的心窩。我會覺得你走路的姿態真好看，會覺得你頭髮絲裡都藏著雲彩，會覺得你的衣著飄揚著青春。怦然心動的一瞬間，我明白，這一眼，便難以忘記。

　　我只想成為能為你療傷的唯一溫柔，也自私地奢望用相遇後的美妙取代曾經的陰霾。而遇見你，只因夕陽記錯了落山的地點，我瞳孔裡的視野，至此只有了你。還是那首小詩的情結，見或不見，我都會在這裡等你；牽或不牽，我都在原地愛你。

畢竟心是個連自己都控制不了的東西，看見你的時候，就覺得：「嗯，是你了。」我忍不住想，需要盛著幾分笑容，才能顯出我的欣喜？我應該要端莊大方，還是灑脫可人，才會讓你更加傾慕？遇見之前，直至你出現之後，我都不會是最好的那個。但我一定是最奮力成蝶的那只蛹，只為你能笑意盈盈地收我在你的肩頭。

遇見你之後的時光，我的世界變得簡單無比。

人分兩類，是你和不是你；

時間分兩類，你在的時候和你不在的時候。

時間剛好，你眉眼帶笑

你輕輕地走來，如花香拂面，如微風掠髮，如一場浪漫至極的雪落入夢中，悄無聲息地灑滿我的世界，映白我的黑夜，冷月無言也要為這白茫茫的一片加上一點光亮。我隨著雪花翩翩起舞追逐你的腳步，你的每一個動作都毫無遺漏地落入我的眼中，觸動我每一條為你而傳導的神經。

夕陽彌漫進教室裡，美的不是溫暖的夕陽，而是你的課桌；玻璃窗外狂走著沙石，美的不是掠過的風，而是你站立的位置；鐵絲網分割著被白雪覆蓋的操場，美的不是純潔的雪，而是我站在那裡，一轉身，看見了你。

喜歡在花的絮語下聆聽你，聆聽紛紜的情愫，解讀你過往的故事。用我即將風乾的筆墨為你寫一紙細膩。你可曾留意，滿山的鮮花早已因為你的停留為山留香；你可曾留意，婀娜的蝶早已因為你的到來飛舞歌唱。遇見你，惹一世花開；遇見你，便是今生最美。

你一個眼神的流轉，便輕易俘虜了我的心，沒有了矜持、沒有了自我、也沒了驕傲，為你，就算是低到塵埃裡，我依舊是開心的，只要能夠看到你臉上的微笑，淡淡地盤旋在唇角，那麼於我，就是甜蜜的。別人喜歡你的外貌，而我更愛你的笑臉。

望著你，像一片彩雲從我眼前飄過，比雪花還要輕盈，比春風還要多情，比陽光還要溫存。那一刻，我總是能生出些許想像，看到的天突然藍了很多。你動情地向我揮揮手，我的心沸騰著，毫不懷疑這是遇上了天使，是我朝思暮念的天使。

你如清風般來到了我的身邊，悄悄地吹動了我的窗沿，惹來風鈴陣陣流動。此刻，夕陽的光暈染紅了整片天空，你傻站著，看著夕陽散發出的淡橘黃，忘記了整個塵世。而我卻對著夕陽下的身影癡迷，忘記了塵世裡的光。

遇見，像是我們循著彼此的味道而來，你溫柔呼喚，而我恰好應答，為彼此單薄的青春帶來柔和美好的光亮。秋的涼，冬的冷，終抵不過交錯在彼此心中愛的暖流。我甘心停留在你眼裡的柔波和眉間的淺笑中。

遇見，像是我們循著彼此的味道而來，

你溫柔呼喚，而我哈好應答，

為彼此單薄的青春帶來柔和美好的光亮。

喜歡一個人，每次遇見都像重逢

　　什麼是喜歡？就是淡淡的愛，慢慢的情。當你走進我視線，全世界都是黑白，只有你是彩色；當你與我說話，我覺得胸悶氣短，腦袋好像被大槌撞過一樣智商為零；和你在一起的每一分每一秒，我都記得清清楚楚，並提醒自己永不忘記。

　　你的一舉一動、一顰一笑、一言一語，無時無刻不牽動著我的心、我的靈魂。你是雨後的那一抹陽光，看到你時就不由自主地感到喜悅、感到溫暖，就像寒冬臘月那一爐熊熊燃燒的火焰，總想靠近一些，再靠近一些。

　　從我遇見你的那一天起，我就在心裡懇求你，如果生活是一條單行道，就請你從此走在我的前面，讓我時時可以看到你；如果生活是一條雙線道，就請你讓我牽著你的手，永遠別走失。

我遇見你，不是為了有更好的結果，只是為了在最美的時光遇見最美的人；我喜歡你，不是為了得到，只是為了能在同一片天空下呼吸而滿足。我不去想遙遠的結局，因為許多美麗的邂逅，不管最終結局如何，都改變不了它曾經熾熱地怒放過，就像你在我的生命裡撒下了一粒叫做「初戀」的種子，而它永遠不會腐壞。

　　人世間的所有行走，不是為了去做個寂寞的旅人，而是為了去遇見。無論是在人潮擁擠的街頭撞見，還是在怡人美景裡偶遇。當我遇見你，我忽然覺得，我們好像在哪裡見過，像是一場久別重逢。從此，我便相信了那句：世間所有的相遇，都是久別重逢。

　　我聽過一種說法，每個人都是一段弧形，能剛好湊成一個圓圈的兩個人是一對。在遇見你的那一刻，我也遇見了光。無論那一刻我是最美的樣子，還是最醜的樣子，我知

道，你一定會喜歡上我，即使我美得那麼微不足道。

如果上帝能及時地安排一場巧妙的雨，我感到的不會是陣陣涼意，而是恰到好處的溫暖。當你頭頂著衣服匆匆地向我跑來，我會遞給你一把透明的傘。踩著泥濘，即使濺濕了褲腳也無所謂，因為有你，陪我一起走向遙遠的目的地。

當你走進我視線，全世界都是黑白，

只有你是彩色。

心動是與你有關的每分每秒

　　遇見你的感覺，就像是過往的運氣、眼淚和辛酸，統統被你打開了開關，直接繞過客套和寒暄，像認識很多年的朋友那樣交談，一個眼神你就懂，一句話沒說清楚你也能應和。我們之間，總是毫不費力地就有話聊。遇見你了，才明白什麼叫對的人，就好像應驗了那句：斯人若彩虹，遇上方知有。

　　我已經記不太得了，你是以什麼樣的姿態入侵我的生命的呢？是披著朝陽？是迎著風中的柳絮？還是頂著一張溫暖的笑臉？我只記得，當時你說「大家好」，而我只想說「你好」。

　　總會有一些為數不多的美好時刻，就像偶然遇見你，神奇地感覺如此眼熟親切，一見之下難以忘懷。人生的瑰麗迷人，也正在於這些難以解釋的美妙感覺，幽深的美麗，就這樣在某天某個疲憊無聊的時刻不期而至，觸動心靈的琴弦。

當我對你的一見傾心，變成了慢慢喜歡，這樣的喜歡像初春的桃花，豔紅的花瓣隨著暖暖的春風飛舞，而後靜靜地躺在帶著泥土香氣的小草叢裡，點綴著初綠的草芽，就算只是一滴露珠的滑落，都會激起不羈的波瀾。

你的眼瞳如水，輕輕一眨，便讓我把心整個地交給了你。你的情感如洪，就那麼一閃，便讓我如魚兒般徹底墜入了你的心湖，只在春天的風裡留下了一串甜蜜的音符。而你那溫暖的囈語，如水一樣輕輕地撫摸著我暗湧的激情，讓我走不出春天的懷中。

當我遇見你的時候，我就知道，我的整個青春都將與你有關。對我來說，愛是即使零分也心甘情願接受的不期而遇，何況你對我來說已經是百分了。

在最美好的年華，在最適宜的時間，我們演繹了一場人

間最詩意的遇見。從此，我的夢境不再孤單。因為有你，無數的時光，便是無數的歡樂，便是無數美麗的心情在閃爍。彷彿看到的每一張面孔都是溫馨的花朵，都在向世界含笑致意。

你是以什麼樣的姿態入侵我的生命的呢？

我只記得，當時你說「大家好」，

而我只想說「你好」。

每次相遇的巧合裡，都有我的努力

　　你是一隻輕盈的蜻蜓，輕輕地來過，在我心中盪起層層波紋。從此，一湖碧波不再寂寞。你只是偶然路過，用薄薄的羽翼輕點我的湖心，可我卻從此春心蕩漾，展開絢爛情懷，將你苦苦等待。

　　學校的展覽牆上，張貼了你畫的一幅寫意畫，畫裡的一筆一彩穿透了我的眼睛，倒影在我記憶的海，平靜的海面有你的樣子。我屏住呼吸，怕一丁點兒的漣漪弄丟了海面的倒影。哦，忘了告訴你，遇見你以後，再沒也不打算去愛別人。

　　你在禮堂的舞臺上跳舞，柔和的燈光，優美的舞步，緩緩的、悅耳的旋律，我坐在黑暗的一隅，伸出雙手，捧起你的舞步，微笑著任舞步聲娓娓地輕彈著耳廓，深入耳膜。不勝酒力的我，醉倒在禮堂的舞臺之下，好想不再醒來。

如果不是因為你的出現，我不會相信這世界上有的人、有的事、有的愛，只見過一次，就註定要羈絆一生，像一棵樹一樣，生長在心裡。而我知道，在這個不講對錯的年紀裡，你是時光送給我最好的禮物。

　　常常在人群中尋找你，好像看一眼就會安心。在操場、學生餐廳、教學裡用很笨拙的方式向你靠近，故意在合作社逗留因為知道你也會來。拉著好朋友走得飛快，然後在你的附近又把腳步放慢，只為偷偷看你幾眼。你不知道吧，每一次巧合裡，都有我的努力。

　　喜歡是一種多麼自私的感情，所以最懼怕分別離開，我遇到你的第一眼就被這種感情蒙蔽。而最好的愛，是不讓你孤淒，不讓你煎熬，不願你受難，是無論如何都要知道，你過得好不好。

你說，你喜歡雨中的新草，它們就像你萌動的心，在晨與昏的距離裡，與我靠近。而我沒有告訴你，我更喜歡微涼的冬季，因為我很想為你做點什麼，織一條圍巾、寫一封很溫暖的信。很想和你一起看一場雪，或是打一場兩個人的雪仗，而我，會細心地為你抖落身上的雪花。

一

遇見你以後，再也不打算去愛別人。

喜歡是，擁擠的人潮中，我只看見了你

　　總有一些遇見，無關天涯海角，卻是一場宿命的邀約。你可能不大記得我們的相遇，你在看風景，槳聲燈影裡的秦淮河畔，我竟一眼望見你，似冥冥中有註定。

　　靜靜地等待著一場相遇，在心中喜上眉梢，這就是緣分，屬於你和我的緣分。於是，我在每一個時刻，深情地凝望著你駐足的方向，悄悄地看著你必經的路。我心中堅信，你一定會越來越近。

　　人間的緣，從來由不得自己左右，也從來無法預估，總有那麼一種奇遇，是讓人怦然心動的永久，總有那麼一種邂逅，是讓人守候一世的傳奇。人與人之間，向來奇妙，一句「原來你也在這裡」就是最驚豔的開場白。

　　世界上永遠沒有無緣無故的愛，正如在茫茫人海中，不偏不倚地不期而遇。只是有些原因，你不能明白，而我沒有

坦白，或許是相遇時恰好你笑了，或者是你皺眉了，所以，我愛了；所以，你來了。

如果你願意，我想和你穿越人生的每一道風景，不是因為世界太美，而是身邊有你。憧憬一段任性的旅行，最好在青春飛揚的時節，最好有個遙遠美麗的目的地，最好能伴陽光前行，當然，最重要的是有你。

我做過一個很長的夢，夢裡我們在六月的樹蔭下，放聲地嬉戲、追逐。陽光透過樹蔭，映在我們身上。你在我前面，髮飄揚，梨渦淺笑，空氣中彌漫著你的香氣，那種淡淡的幽香，源自你的每一個動作、每一個表情、每一次呼吸。我明白，即便是在夢中，那也是最真實的愛戀。

夜深人靜，我輕輕地打開初戀的那扇門，想把心思說給悠悠飄逸的雲朵，說給悄悄私語的星辰，想讓它們替我告訴

你 ：再美的生活，如若沒有相遇也是遺憾；再美的風景，如若不能與你共賞也是枉然。

與人之間，向來奇妙，

一句「原來你也花這裡」

就是最驚豔的開場白。

有的人就是為了找你，
才去你們相遇的地方

　　假如我來這世上一遭，只為與你相聚一次，只為了億萬光年裡的那一剎那，一剎那裡所有的甜蜜與悲淒。那麼，就讓一切該發生的，都在瞬間出現吧。我俯首感謝所有星球的相助，在我最好的年紀，讓我與你相遇。

　　你給我的幸福感，我捨不得張揚，只有靜靜地相守。就像這場相遇，沒有抑揚，亦沒有頓挫。故事平淡得猶如一眼清泉，輕輕地、靜靜地流淌在歲月的長河裡，不起波瀾，偶有漣漪。遙望，在路的盡處，一片暗香襲來。是你，踏歌而來，在叢林深處。

　　愛情可以很簡單，就是我很想遇見你的時候，你也正好在找我。我始終覺得，蝶只是為花而來，而花獨為蝶開。我一直都把自己當作一朵花，素樸、淡雅，脈脈流芳，而把你看作一隻蝶，吸引、誘惑，真情流露。那麼，你也要相信，你是為我而來，而我是為你而開。

如果，我們是在街道上遇見，那幾秒短暫的擦肩，即使是在喧鬧的人群，我也能敏感地嗅出你的特別。我不期待你是朗眉星目、溫文爾雅的萬人迷，也不期待你手裡捧著的是一束多麼嬌豔欲滴、令人豔羨的玫瑰。只是像路人甲和乙，雲淡風輕地相遇，然後驚喜地發現彼此，心有靈犀地相互回顧。那麼我會笑笑，順手遞給你一個我最喜歡的草莓甜筒。

　　如果，不曾相遇，我們便沒有了這場飛花般的別離；如果，不曾相遇，你在我的生命裡，只是一個未曾經過的網站，我不會在裡面欣喜地小憩；如果，不曾相遇，我還是我，你還是你，我不會相信生命裡會有奇蹟。

　　以前我會想，到哪裡去找那麼好的人，配得上我明明白白的青春呢？到哪裡去找那麼對的人，陪得起我千山萬水的旅程呢？可是你知道什麼叫意外嗎？就是我從沒想過會遇見你，但我遇見了；我從沒想過會愛上你，但我愛上了。無論

你在眼前還是天邊，一想到這個世界有你的存在，心裡便覺
得柔軟安定。

　　望著你，像一片彩雲從我眼眸飄過，比雪花還要輕盈，
比春風還要多情，比陽光還要溫存。你開心地向我揮揮手，
我的心沸騰著，毫不懷疑這是遇上了天使，是我朝思暮念的
天使。你淺淺的回眸一笑，喚醒了我的靈魂，開啟了我此生
最美的一段時光。

愛情可以很簡單，

就是我很想過見你的時候，

你也正好在找我。

輯二

喜歡你，是一場漫長的失戀

你問我海棠為什麼沒有香味，

我想，海棠暗戀去了，

怕被別人聞出它的心事，

所以，捨去了香。

喜歡你，是一場漫長的失戀

　　每一次，有你身影的場合，我都會祈求上天，讓你看到我，就算只有一眼都好。我祈求我們可以滋生一些情節或者可以出現一株瘋長的藤蔓，讓我有機會從心底盛開一朵不凋謝的小花，然後順著藤蔓傳遞給你。

　　我的心像琴弦一樣繃得緊緊的，你一出現，它便不停地奏鳴，時刻為了你而緊張、激動。可是你對此卻毫無感覺，就像你對口袋裡發條繃得緊緊的那塊懷錶沒有一絲感覺一樣。懷錶耐心地在暗中數著你的鐘點，量著你的時間，用聽不見的心跳伴著你的行蹤，在它的滴答滴答之中，只期盼你能有一次向它匆匆瞥一眼。

　　如果你有那麼一點點喜歡我，就一點點，我也會有勇氣去爭取。可是，我也不知道怎麼去分辨，害怕我以為的那些暗示，或許只是自己的自作多情。這樣的自己，是那麼的渺小和力不從心。

你隻字未提「我愛你」，我卻句句回應都是「我願意」。

我知道有一天你一定會喜歡我，只是現在還沒到那個時候。我知道你會在十三月喜歡我，在 32 號喜歡我，在星期八喜歡我，在 25 點喜歡我，在 61 分喜歡我，在 61 秒喜歡我。所以我等你，就算我等不到，但我還是很喜歡你。

我無數次地在暗夜的夢裡輾轉，甚至在無人的角落，對著鏡子研究你的名字從我的唇裡蹦出來時，我的眼眸中是怎樣的愉悅，我的臉頰上會是怎樣的快樂。但是無論預先排練多少遍，只要站在你面前，我一下子就語塞了，連「你好」兩個字都帶著青澀的顫抖。

我一直希望，我對你的喜歡，是唯一存在的。無論是你的優點，還是缺點；無論是你討人喜歡的時候，還是令人煩

躁的瞬間；無論你是在輝煌的頂點，還是黯淡的低谷，這些都應該只屬於我一個人。喜歡你這件事，只需要我自己就足夠了。

對你，多看一眼，都還是想擁有。我以為，我已經把你藏好了，藏在那樣深、那樣冷的心底。我以為，只要絕口不提，只要讓日子繼續地過去，你就會變成一個古老的秘密。可是，不眠的夜仍然太長，而早生的白髮，又洩露了我對你的思念。

你隻字未提「我愛你」，
我卻句句回應都是「我願意」。

比數學題還難解的，是少女的心事

在心底默默地喜歡一個人，就像在心裡養一株植物，我用你的言語表情、動作神態，日常能觀察到的各種瑣事見聞，包括從朋友那聽來的小道消息滋養著這株植物，等到它已經能自由生長，再也不受控制，要反過來控制我的時候，我就知道，它長成了。

我心底有一顆關於你的種子，經過冬雪的滋養，在春雨下不可阻擋地瘋長起來。於是，我便寫下長長的文字寄託追尋你的願景，然後一幀一幀地放在通透的心房裡。關於喜歡你這件事，沒什麼好說的，我認了。

愛著的時候，我總是費盡心機地打聽你所有的事，秘密地回味你每個動作的細節，每知道一些，心裡就刻下一個點，點多了，就連出了清晰的線；線長了，就勾出了輪廓分明的圖。若遠遠地看見你，心裡就虛虛的、癢癢的、刺刺的，或上天堂，或下地獄，或者就被擱在了天堂和地獄之間。

我昨天很愛你，今天不想愛了，但我知道明天醒過來，最愛的人還是你。喜歡一個光芒萬丈的人，一點兒都不可怕。不管遙不遙遠，能遇見你，已經是一種好運。因為你，我願意成為一個更好的人，不想成為你的包袱。因此奮發努力，只是為了想要證明我足以與你相配。

　　我不想說「從第一次見面就喜歡你」這麼俗氣的話，儘管這是事實；我不想說「想與你度過餘生」這麼虛假的話，儘管這是事實；我不想說「我真誠地愛著你，勝過愛我自己」這麼自大的話，儘管這也是事實。我不嫉妒你愛的人，我不拒絕你的任何一個請求。如果我不能成為讓你歡笑的那個人，那我仍舊不想告訴你，我愛你。

　　我相信，愛的本質一如生命的單純與溫柔；我相信，所有光與影的反射和相投；我相信，滿樹的花朵，只源於冰雪中的一粒種子；我相信，三百篇詩，反覆述說著的，只是我

沒能說出的那一個字。其實，我盼望的，也不過就只是那一瞬，從沒要求過你，給我你的一生。

當一開始的好感，隨著那抹淡笑逐漸加深，當我掉進那名為「喜歡」的漩渦，深不見底。當我忍不住問你，你到底愛不愛我，請你一定要騙我。不管你心裡有多麼不願意，你都不要告訴我，你從來沒有喜歡過我。

我昨天很愛你，今天不想愛了，

但我知道明天醒過來，最愛的人還是你。

喜歡就去追啊，萬一人家在等呢？

　　每天有 10 個小時我和你的距離只有 20 公分，你就在我身後，偶爾把玩著我的馬尾，指尖不經意地觸碰到我的脖頸，留下一陣酥麻的涼意，我努力克制住因為激動有點輕微顫抖的身體，唯恐被你發現一些端倪。窗外陽光照了進來，入目的一切事物都好像變得美好起來。幸好你在我的身後，沒看見我上揚的嘴角。

　　我每天會花上好幾個小時盯著你的背影發呆，你時而抬頭看著黑板，時而低頭在筆記本上唰唰地寫些什麼。我看著，心臟像是被什麼東西輕輕掃過一樣癢癢的，那感覺像是電流瞬間遍佈全身。幸好你背對著我，看不到我滿臉的欣喜。

　　一盞路燈愛上了街對面的另一盞路燈，就像我愛上你，只是隔著一條街靜靜地守候著你。有時明明是兩盞路燈對望了一整天，但彼此連一句低聲的招呼都不曾有。但想想，

比起中間那條街道上的人來人往，這樣不變的守望不也很好嗎？

　　悄悄地翻過你的每一則社群狀態，看過你每一張照片，就連下面的評論也一條都不遺漏，然後再點擊刪除來訪記錄，為的就是看到你眼裡那驚喜的光芒，就算只是說一句「你竟然知道」。這一刻燃起的成就感，彷彿能蓋過所有的難過和無奈。

　　每一次在校園裡遇見你，我都會害怕與你眼神接觸剎那的臉紅心跳，卻又總是期待著與你有一次浪漫的邂逅。我會在與你擦肩而過時，羞澀地低下頭，不敢看你那張早已熟記於心的臉，卻總是會悄悄回頭偷看你遠去的背影。原來喜歡一個人的第一個感覺，是會害怕。

　　日色漸垂，一道身影降臨在了河岸邊。我知道，那必是

你。夕陽放出華光，似是金黃，又是淺紅。一片一片，一縷一縷，在河面上呈現出斑斕的色彩。也許，只有你配站在那樣的風景裡。你的身影若隱若現，卻未曾消失在我的眼簾之外。多想讓自己沉睡在這個畫面裡，那樣的話，我的眼裡就再也不會有你消失的模樣。

我有一百種想要關心你的理由，卻少了一個能關心你的身份，只能遠遠地看著，悄無聲息地把你放在生活的每個角落裡。閉上眼睛的時候，聽課的空檔裡，抬頭與低頭的間隙，你都變成了我思緒中的主角，在離我生活最近的地方。

原來喜歡一個人的第一個感覺，

是會害怕。

「晚安」是開不了口的「我喜歡你」

　　喜歡著你的我，渾身充滿了莫名其妙的動力，生活被有序地分為了看到你和看不到你。看不到你的時候，我和我自己幼稚的夢想一起並肩作戰；看到你的時候，我會偷偷地想，你什麼時候會從我的夢想變成和我一起並肩的人呢？

　　我對你的愛戀，沒有塵世的牽絆，沒有囉唆的尾巴，沒有俗豔的錦繡，也沒有混濁的泥淖，簡明、俐落、乾淨、完全。我一直覺得這種愛，古典得像一千年前的廟；晶瑩得像一彎星星搭起的橋；鮮美得像春天初生的一抹鵝黃的草。

　　每個女孩的長大，就是在心裡偷偷地住了一個人。你的名字會出現在我帶有香味的日記本裡，你的模樣會沾染我的眼淚，你的微笑將接近太陽的溫暖。就連在夢中，你似有似無的擁抱也變得柔軟。我想將對你的思念，寄予散落的星辰。但願星光照進你的窗前，伴你好眠。

只有經歷過的人才知道，當暗戀的情愫過於盛大和隆重，很多時候，是無法喊出那個人的名字的。雖然只是那麼簡單的幾個音節，可是要清晰地說出它們，卻好像得移走一座大山一樣艱難。可能在別人眼裡不過一個符號，但在愛著的人心裡，字字千鈞，是不到萬不得已，不願吐出的一種顫慄。

　　我喜歡你，這是我自己的事，與你無關。因為能夠稱得上愛情的，很多時候，它是一種不能表達的情感，翻湧的激情在胸中澎湃，只能任浪潮洶湧，而後待它靜靜消退。萬千的話語在口中即將噴湧而出，只能嚼碎了吞進肚子裡，讓一切消逝於無痕。

　　刪去成行的字，最後打了個「嗯」發給你，因為不是所有的情緒都要告訴你。比如我的不開心，比如我喜歡你。若是有風經過，不要告訴它我的心事，我的愛，並不需要你知

曉。在心底偷偷喜歡著你的我，真像一隻守著寶藏的巨龍，兇猛又天真，強大又孤獨。

你說你喜歡雨，但是你在下雨的時候打傘；你說你喜歡太陽，但是你在陽光明媚的時候躲在陰涼的地方；你說你喜歡風，但是在颱風的時候你卻關上窗戶。這就是為什麼，我會害怕你說你也喜歡我。

我喜歡你，這是我自己的事，

與你無關。

怕你被別人喜歡，也怕你喜歡別人

　　我以為閉上眼睛，就可以不想你，可是滿世界晃動的，都是你熟悉的身影；我以為捂上耳朵，就可以遠離你，可是耳畔縈繞的，全是你纏綿的回音；我以為酒醉了，就可以忘記你，可是我的心翻江倒海，只記得你一個人……。我想停下追逐的腳步，但我無法欺騙自己，我唯有漫步在你的情感裡，才能幸福地呼吸。

　　愛著的時候，就整天鬼迷心竅地琢磨著你。你偶然有句話，就想著你為什麼要這麼說？你在說給誰聽？有什麼意思？你偶然的一個眼神掠過，我都會顫抖、歡喜、憂傷、沮喪。怕你看不見我，又怕你看到我。更怕你似看似不看的餘光，輕輕地掃過來，又飄飄地帶過去，彷彿全然不知，又彷彿無所不曉。

　　明明是你偷走了我的心，但是每次目光相接的時候，先逃開的總是我，好像我才是那個小偷。擦身而過時，假裝跟

身邊的人談笑風生，心情卻隨著餘光裡的你走。怕你知道，又怕你不知道，最怕你知道，卻裝作不知道。

　　在那個晴朗的夏日，那個有著許多白雲的午後，你的衣衫在風裡飄搖，像一條溫柔的水草倒映在我心中。而我像是一條清澈的河流，帶著甜蜜和期待，靜靜地將你環繞。我看過你，青春洋溢、笑著奔跑的樣子；我看過你，羞澀淺笑、抿嘴說話的樣子；我看過你，淚流滿面、默默哭泣的樣子。我看過你的很多樣子，只是可惜，那些在我看來你最美好的樣子，都不是因為我。

　　總有一個身影，徘徊在我的夢裡夢外，若隱若現，一遍複一遍；總有一種思念，流連在窗裡窗外，若有若無，一天又一天。或喜或憂，與你相對的每分每秒，溫馨而寧靜，美好而心安。無人問津的渡口，總是開滿野花，就像我喜歡你，卻支支吾吾地說不出口。

我像是幾米漫畫裡那個習慣在冬天圍著一條紅色圍巾的女孩，走在熱鬧的人群裡，卻常常因為沒有你，而倍感失落和憂鬱。而你的笑容，像是春日的午後，陽光從梧桐葉間洩漏下來的那種感覺，細細碎碎得讓人可以嗅到草木的香甜。

　　有時候，明明在內心導演了很多次的重逢，卻一次也沒有上演；有時候，明明累積夠了表白的衝動，卻會在見面的前一秒鐘熄滅；有時候，明明想好了很多要說的話，卻還是不敢拿起電話；有時候，明明寫滿了整螢幕的短訊，卻不敢發。在撥號、發送的時候，哆嗦的不只是手指、身體，還有心臟和青春。似乎，所有的勇氣都將在這一次被消耗。

暗戀就是，

怕你知道，又怕你不知道，

最怕你知道，卻裝作不知道。

你知道我所有秘密，除了我喜歡你

　　因為覺得你不喜歡我，所以我也不承認自己喜歡你。當我沉默地面對著你，你又怎麼知道我曾在心裡對你說了多少話。當我一成不變地站在你面前，你又怎麼知道我內心早已為你千迴百轉。我以友情的名義愛著你，美好又隱含悲傷，絕望又抱有希望。

　　我問你在哪裡、在做什麼，並不是想窺探你，而是想透過一次又一次的答案，拼湊還原出一個我並不瞭解的你的生活和世界。愛情是一個人加上另一個人，可是，一加一卻不等於二，就像你加上我，也並不等於我們。

　　我喜歡你，但我不想告訴你，因為我怕驚動了愛情。我不想傷害你，所以我對你一直是小心翼翼的，像是碰落的花、融化的雪。因為只有你，是唯一一個我從一開始就只能夠偷偷愛著的人。就算你知道了我喜歡你，也不要因為這個而變得冷漠，我們還是好朋友，好不好？

你我都知道，友情比愛情長遠。友情這種愛，可以名正言順、無拘無束。這種愛，不求回報、心甘情願。舉著友情旗號的暗戀，就像是夏季的薔薇，它要讓所有愛過它的人痛徹心扉。但因為友情比愛情長久，所以，在所不惜。

　　我所有的好運氣，好像只夠遇見你，不夠讓你喜歡我。這一步之遙，我既無法上前一步，陪伴你左右；也無法退後一步，重新找回朋友的支點，只能靜靜地看著你，默默地祝福你。

　　我想你了，可是我不能對你說，就像開滿梨花的樹上，永遠不可能結出蘋果；我想你了，可是我不能對你說，就像高掛天邊的彩虹，永遠無人能夠觸摸；我想你了，可是我不能對你說，就像火車的軌道，永遠不會有輪船駛過；我想你了，可我真的不能對你說，怕只怕說了，對你也是一種折磨。

我用我靈魂所能達到的極限來愛你，就像在黑暗中感受生命的盡頭和上帝的恩惠。我愛你，是日光和燭焰下最基本的需要。我無拘無束地愛著你，就像鳥兒青睞著天空；我無比純潔地愛著你，就像詩人因為美好而陶醉。

我所有的好運氣，好像只夠遇見你，不夠讓你喜歡我。

被愛的人不用道歉

我以為我會抱著一個秘密度過屬於我的青春，就像所有在青春裡不斷成長的人一樣，但願在某天想起來的時候，會忍不住唏噓。可是，當我決定把這個秘密說出來的時候，卻發現這個秘密有點短，短到只有一個人的名字的長度。

我會在你生日時準點送去祝福，我記得你愛吃什麼、忌口什麼，我的輸入法牢記你的名字，你身上只有我能聞見的味道，我聽了你愛聽的歌，看完了你看過的電影，我記得關於你的所有事情，就是記不住你不喜歡我。

暗戀這種事好比耳機裡的音樂聲，即便對自己而言是包裹整個身軀的震耳欲聾，旁人卻僅僅聽得見一縷洩露的細小雜音。大概世事如書，而我偏愛你這一句，便甘願做一個逗號，待在你的腳邊。你有自己的朗讀者，而我只是個擺渡人。

也許很多人都知道我喜歡你，可是我想，就連幾乎無所不知的你，大概也不知道，我喜歡你到了什麼程度。但是你千萬別跟我說對不起，你沒什麼對不起我的。愛情是很誠實的，我愛你是事實，你不愛我也是事實。如果你假裝愛我，那才是對不起我。

　　我喜歡你，與你無關，即使是夜晚無盡的思念，也只屬於我自己，不會帶到天明，也許它只能存在於黑暗；我喜歡你，與你無關，就算我此刻站在你的身邊，也不想讓你看見，就讓它只隱藏在風的後面；我喜歡你，與你無關，思念熬不到天明，所以我選擇睡去，在夢中再一次見到你；我喜歡你，與你無關，它只屬於我的心，只要你能幸福，我的悲傷，你不需要管。

　　從未開口的，是我愛你；從未結尾的，是我愛你。我愛你是竊喜，是懷疑；我愛你是執筆，是標題；我愛你是失

重，是太空裡的漂流；我愛你是閃過的燈，是車窗外無心看的風景，是低頭一恍叫不醒的南柯夢。

　　那個看起來跟你毫無瓜葛的人，在聊天視窗裡寫滿了要對你說的話，可是卻一直沒按發送鍵；那個決絕果斷把你拉進社群黑名單的人，在別的地方悄悄關注著你的喜怒哀樂；那個你快要忘記他名字的人，在那麼多個容易脆弱的夜裡，忍住了一萬次想要聯繫你的衝動，可是這些你都全然不知。但請你不必覺得虧欠，以後誰在你身邊，記得對誰好一點。

暗戀這種事好比耳機裡的音樂聲，

即便對自己而言是包裹整個身軀的震耳欲聾，

旁人卻僅僅聽得見一縷洩露的細小雜音。

輯三

最美不是下雨天，而是與你躲雨的屋簷

如果你問我「喜歡」到底是什麼感覺，

我就會告訴你：

「是相遇時的刻意躲閃，

是交流時的佯裝輕鬆，

是離開時習慣性地再看一眼，

是分開時期待快點再見面⋯⋯。」

在喜歡你的每一天裡被你喜歡著

　　準備了很多話想跟你說，我攜帶著它們，穿越季節、越過高架，把它們鋪在山與海之間。花朵盛開就是一句，黑夜漫過就是一篇。黃昏開始書寫，黎明是無數的扉頁。我把全世界拼成一首詩，「我愛你」當作最後一行。

　　你不住在我的血液裡，但是你的呼吸，就是我的心跳。不管之前的喧囂怎樣爬過我們的傷口，只想在遇見你之後的每一天裡，被你喜歡著；在想你的每一天裡，被你想著。只想你在聽見我的名字時帶著笑，只想你在見到我時不顧一切地給我一個擁抱。

　　人生中最美的擁有，就是我要去有你的未來，不管要面對多少困難。如果那裡沒有你，我的未來毫無意義。不知道是對是錯，我只想和你在一起，一起等太陽出來。沒有水，你是我的水；沒有糧食，我是你的糧食。我們自始至終相信同一個神，熱愛同一個命運，因為，我愛上了你。

我不幻想奢華的婚禮，不祈求永不老去的容顏，也不期待刻骨銘心的旅行。我只要和你平靜地走在滿是落葉的街道上，牽著手、鬥鬥嘴，讓無數小事構造出屬於我們兩個人的世界，爭吵或擁抱，哭泣或微笑，冷戰或嬉鬧。所有的一切都是兩個人一起創造出來的，而且它們將使我們無法分開。

　　我把我的心意交給你，但我不會束縛你，我在你身邊，但你是自由的。你有你的詞不達意，我有我的心領神會。或許有太多的情緒無法解釋，恰好彼此都能懂。愛得隨心、愛得自在，一切都不偏不倚，剛剛好。

　　愛一個人，就是在清晨醒來的一刹那，努力搜尋昨夜夢見他的情景，於是便有了一個陽光燦爛的早晨；愛一個人，就是在每一個想念的夜裡寫上一大堆的情話，卻不知道寄往哪裡；愛一個人，就是明知道有那麼多的不可能，卻還要走下去，因為心中還有對愛情的期望；愛一個人，就是珍藏著

與他有關的小玩意兒，即便是一首歌，一個禮物。真正的愛難免這樣笨拙，不計前因、不顧後果。

這花花世界，要說有哪裡不同，大概就在於情誰與共，大概就在於相看兩不厭，即使吵架、即使委屈，但想想那是你，就是心甘情願的。就像風吹起你的頭髮，如一張棕色的小網，撒滿我的面頰，可是我一生也不想掙脫。

所有的一切都是兩個人一起創造出來的，

而且它們將使我們無法分開。

雨天最美的事情是與你躲雨的屋簷

我們是兩個淋透了雨的人，都沒有傘，慌慌張張地躲進了同一個屋簷。碰巧發現彼此有同樣的目的地，於是有勇氣並肩一起，散步淋雨。那一路多開心，因為捨不得再見，所以寧願人間的風雨別停，天別晴。

美好的事，是你突如其來的擁抱，和人潮擁擠中你自然而然拉緊我的手。如果，晴天是快樂的理由，你就是我的晴天；如果，陰霾是羞澀的表情，也只因你的存在而值得留戀。我想和你在一起，製造比夏天還要溫暖的事。

如果有花飄過，我會把花心留給你；如果有風吹過，我會把樹葉留給你；如果有歲月潮湧過，我會把歡樂留給你。獨處時仰望天空，你是天上的那片雲；寂寞時凝望夜空，你是最亮的那顆星；跟你漫步林中，你看到的那片樹葉很美；疲憊時安然入睡，你是最近最好的那段夢境。

這世上最大的冒險，就是愛上一個人。愛像一場感冒，讓人欲罷不能、不由自主，愛既酸楚又甜蜜。你為了他，放棄如上帝般自由的心靈，從此心甘情願有了羈絆。你永遠也不知道，自己全身心的投入，最終會換來什麼，但又忍不住想投身其中。其實我們真正需要的並不是輸贏，而是一個能令我們心甘情願去愛的人。

　　因為有了你，我不再需要海誓山盟，不再需要風花雪月的浪漫，想要的僅僅是你溫暖的陪伴。有你能讓我隨時隨地想念，也不用時刻掛在嘴邊，只需要在失眠的夜裡，閉上眼，眼前浮現出你的笑臉。

　　我想去見你，趁陽光正好，趁微風不燥，趁繁花還未開至荼蘼，趁現在還年輕，還可以走很長很長的路，還能訴說很深很深的思念，趁世界還不那麼擁擠，趁飛機還沒有起飛，趁現在自己的雙手還能擁抱你，趁我們還有呼吸。

在世界中擁有再多，也不如在你心中擁有一席之位來得快樂。對我而言，幸福的價值，就是你肯一直為我在心裡留著位置。未來很遙遠，我願陪你顛沛流離，和你一起守望成熟的氣息，一起站在星空下，共同仰望單薄的年華。

世上最大的冒險，就是愛上一個人。

真正的愛是毫不費力的

　　我把你裝在心裡，在那個草長鶯飛的季節裡，你修長的手指，專注的目光，緊抿的薄唇，臉頰的輪廓，這些都是我喜歡的。那時候，我的夢是甜的，微笑是燦爛的，我的心一天天滿滿的膨脹，它再也不是往日的枯井，佈滿無人顧及的青苔與亂草。

　　在心中放著你，左心房的位置不再空洞無力，面對未來的困難，突然有了動力；在心中藏著你，沿途的風景再美，我還是會一路而下，因為在彼岸還有屬於自己心中最美的那一抹風景。等著在彼此的年華裡，描繪青春的花紋，等著在流年的路口，拾起滿地的幸運。

　　最美好的事，就是耳機音量剛好能蓋過外界雜訊，鬧鐘響起時剛好自然醒，下雨天剛好帶了傘，感到餓時剛好可以下班吃飯，覺得疲倦時剛好身邊有個肩膀，想發訊息給你剛好你打電話給我，喜歡上你的時候，發現你也喜歡著我。

對的人，不用我強撐著睡意和他聊天到深夜，還不敢告訴他我很睏很累，而是，我隨時和他說我很累的時候，他便寵溺著要我去睡覺休息。因為我永遠也不必擔心，我們過了今晚就會沒有明天。

　　兩小無猜是個有趣的詞，比喻男孩和女孩的親密無間。但我總覺得親密無間不足以解釋這份關係，應該是兩人對親密與否毫不知情，像一對停落在樹梢上的小黃鸝，並不知道自己胡鬧般的嘰嘰喳喳，在世人眼中卻是一幅美好的美景。

　　曾經有人和我說，如果你愛上了一個對的人，就會覺得他為你打開了一扇門，你會看到之前沒有見過的另一個奇妙的世界。最好，彼此毫不費力地愛上，不辛苦追求、不刻意討好。要費盡心機去經營才能留得住的愛，本身已是漏洞百出。我那麼愛你，是不會捨得讓你愛得那麼費力的。

愛情是真真切切得能夠用手觸摸、用心體會，是你明明嘴裡說我穿得十分俗氣，卻大方地帶我出入於各種場合；是我明知道你不是完美的人，卻還堅持要把你帶回家見父母。你不是最好的，但我只愛你。我想，這便是愛情的全部意義。

最好，彼此亮不費力地愛上，

不辛苦追求、不刻意討好。

因為我那麼愛你，

是不會捨得讓你愛得那麼費力的。

說不出你哪裡好，但卻誰都代替不了

　　在這個世界，茫茫人海，你一定要知道，你之於我，就是這個世界上的獨一無二。你的一顰一笑都被深深地刻在我心裡，甚至你自己都忘記說過的話，我卻記得。我熱烈極了，不可思議地尾隨其左右，願意隨其至天涯。那樣忘我的喜歡，也許是某一個動作，也許是某一種感覺，原諒我，就是說不出緣由。

　　他的缺點多不多？像星星一樣多。那優點呢？像太陽一樣少。那你為什麼會選擇他？因為太陽一出來，星星就消失了啊。就算明知道他不夠好，甚至一次又一次傷了你的心，讓你失望，讓你恨他，但只要他朝你招招手，你便會不顧一切，頭也不回地奔到他身邊去，那是你唯一的念頭。

　　讓人感動的愛情，不是天生一對的幸福，而是你明明喜歡高挑的女孩，卻偏偏對微胖的我動了心；我曾經紅著臉頰幫打籃球的學長遞礦泉水，如今卻陪著不愛運動的你在圖書

館裡解討厭的數學題。明明我們沒有長成彼此愛的樣子，卻覺得找到了一直想要的那個人。

　　愛一個人，沒有任何理由，只是我恰巧遇到了，就喜歡了。喜歡你，不是因為你儀態瀟灑，不是因為你才氣逼人，也不是因為你腰纏萬貫，更不是因為你權勢顯赫，至於為什麼喜歡，我無法給自己一個滿意的答案。但是，我知道，我就是喜歡你，甚至與全世界為敵，我都會選擇義無反顧地和你站在一起。

　　我不知道為什麼會愛你，就像我無法描述空氣是什麼味道一樣，但我知道我需要你，就像我需要空氣一樣。與你在一起的日子，連光陰都變得美妙了。我說我願流離一生追隨你到天涯海角，你說風塵過往許我一世溫柔，一縷縷溫暖滲入彼此靈魂深處，一絲絲愛戀在時光裡蕩漾。

後來，我喜歡的人都像你

喜歡就是喜歡。我的喜歡是，想起你的時候打個電話告訴你，想給你所有的溫柔陪伴。那些刻意多久不聯繫你或是賭氣誰先會找誰，我都想跳過，跳過那些互相折磨的東西，直接朝著你走過去，與你分享我那一點點因為思念你而產生的孤單和寂寞哀愁。

　　從世俗的眼光看來，也許你不是那麼標準。然而，在乍然相逢的一刻，你翩翩的身影卻在我的眼裡開出了翻騰的花。世間的標準都可以拋棄。喜歡你，就是給了你凌駕一切的權利。

他的缺點多不多？像星星一樣多。

那優點呢？像太陽一樣少。

那你為什麼會選擇他？

因為太陽一出來，星星就消失了啊。

我的願望，是希望你的願望裡也有我

　　我愛這世界上的三件事，太陽、月亮和你。太陽是早晨，月亮是夜晚，你是永遠。而我想要的不多，一杯水、一片麵包、一句我愛你，如果奢侈一點，我希望：水是你親手倒的，麵包是你親手切的，我愛你是你親口對我說的。

　　被很多人喜歡很重要嗎？大概只有被喜歡的人喜歡，才會覺得幸福吧。如果自己喜歡的人不喜歡自己，那麼就算得到全世界的愛，也還是會覺得孤獨。能治癒我的孤獨的人，只有你。因為好像除了你，我已經沒有辦法喜歡其他人了。

　　我想當你的貓咪，黏在你的枕邊，每天清晨陪你感受第一縷陽光，夜晚在燈光熄滅前趴在你的胸口入夢。想你的時候，我就會喵喵叫，你會把飼料餵到我嘴邊，會拍拍我的頭要我乖。你對我厭煩，我也不會離開。

　　愛一個人，是我明明知道你不完美，卻絲毫不會在意；

明明知道比你好的人還有很多，卻只傾心於你。我想和你用同一個頻率呼吸、用同一個節奏心跳；我想偷走你所有的痛苦；我想用自己的歡喜驅趕你的寂寞，用自己的心意溫暖你的孤獨。因為你開不開心，對我來說很重要。

寫日記的時候，我的思緒像絲線一樣繞著你，我筆下多寫一個字，我口裡就低呼一聲我的愛，我的心就為你多跳了一下。你從前寫信給我的時候，也一定是同樣的情形吧，想到這裡，我的心裡又多一點喜悅，又多添幾分安慰。

愛情不過就是遇到了一個你願為之做傻事的人。那麼，該愛的時候就不要放過機會，當你遇到那個彩虹般絢麗的人，就請對他說：「親愛的，從今天起，我申請加入你的人生。雖然愛情會讓人變笨，但我不介意更笨一點。」

如果能夠不愛你，我就沒有相思的苦，沒有守望的累。

天不會因為你而顯得陰鬱，心不會因為你而寂寞。縱使不愛你有多麼好，我還是毅然決然地愛著你，無法自拔地愛著你。因為沒有你，世界再好又有什麼意義？

雖然愛情會讓人變笨，

但我不介意更笨一點。

無論我多麼平凡，總覺得我對你的愛很美

　　我是一株能分到你萬分之一的愛意就能養活的植物。你就好像天上的太陽，雖然搆不到，但是只要靠近一點點，都會覺得很溫暖。無論我遇見你時，你是最美的樣子，還是最醜的樣子，我始終相信，你若會愛上我，終是會愛上我，即使我美得那麼微不足道。

　　我不一定十全十美，但我會去讀懂你，走進你的心靈深處，看懂你心裡的一切。我會一直在你身邊，默默地守護你，不讓你受一點點的委屈。或許，我不會說許多甜言蜜語愛你的話，但是我保證，我一定會做許多愛你的事。

　　希望迷路的時候，前方有車可以讓我跟隨；冷的時候，有帶電熱毯的被窩；拉肚子的時候，就離家不遠；睏的時候，有足夠的時間可以睡覺；不知道說什麼的時候，你會溫柔地看著我，笑我詞窮；不可愛的時候，會適可而止；寂寞的時候，知道你在愛我。

你是那個大雨中為我撐傘的人，是那個幫我擋住外來之物的人，是那個黑暗中默默抱緊我的人，是那個逗我笑的人，是那個陪我徹夜聊天的人，是那個坐車越過幾座城市來看望我的人，是那個將哭泣的我摟在懷裡的人。這樣的你，讓我怎麼能不喜歡呢？

　　如果我這一生只可以有 999 次好運，我願意把 997 次都分給你，只留兩次給我自己：一次用來遇見你，另一次是永遠陪你走下去。

　　我也曾把心動、迷戀或傾慕誤認為愛情，但是因為你的出現，我才發現心動跟真正的愛情根本無法相比。心動的光芒最多只是顆鑽石的光芒，讓我驚歎它的華麗，恨不得立刻擁有；但真愛的光芒就像陽光，久了也許會讓人覺得稀鬆平常，但這種光芒能溫暖我、照耀我，一旦失去你，我的整個世界都黑暗了。

和你在一起，各種話題永遠說不完；重複的語言，也不覺得厭倦。陪伴，是兩情相悅的一種習慣；懂得，是兩心互通的一種眷戀。總是覺得相聚的時光太短，原來，走得最快的不是時間，而是和你在一起時的快樂。

走得最快的不是時間，
而是和你在一起時的快樂。

世界上最短的咒語，
大概就是一個人的名字

　　如果我原諒了你，不是因為我聽了你的解釋，而是我仍然愛你，被你急於解釋的樣子感動了。動了真感情的人都會喜怒無常，因為付出太多難免患得患失。所以我需要一個保鮮盒，把你給我的那些感動都裝起來。當有一天我們吵架的時候，我就拿出來回味一下。

　　愛一個人有很多不同的方法，有的是用嘴巴說出來，一次次地重複說我愛你；有的是用撒嬌、發脾氣互相折騰；還有一種是怎麼都不願意說我愛你，但就是關心你、照顧你、保護你。相愛的方法有千萬種，但最好的方法只有一種，那就是對你好，並且只對你好。

　　只要你一換語氣和我說話，我就覺得世界都塌了。喜歡這東西很奇怪，沒有顏色、沒有形狀，卻能讓神經大條的人變得小心翼翼，又讓無所畏懼的人開始戰戰兢兢。世界上只有你，使我牽腸掛肚，像有一根看不見的線，一頭牢牢繫在

我的心尖上，一頭握在你手中。

　　世界真的很小，好像一轉身，就不知道會遇見誰。世界真的很大，好像一轉身，就不知道誰會消失。愛情有時是一種習慣，我習慣生活中有你，你習慣生活中有我。一旦失去了，就彷彿失去了所有。不管我去哪裡，我只想和你在一起。

　　我希望有個如你一般的人。如這山間清晨一般明亮、清爽的人，如奔赴古城道路上陽光一般的人，溫暖而不炙熱，覆蓋我所有肌膚。由起點到夜晚，由山野到書房，一切問題的答案都很簡單。我希望有個如你一般的人，貫徹未來，數遍生命的公路牌。

　　和我牽手吧，當我的手平和安靜地待在你微顫的手心裡；和我接吻吧，當我的嘴唇不化妝也很美麗；和我擁抱

吧，當我迷戀你只有肥皂香氣的白襯衫；和我跳舞吧，當我還不會穿高跟鞋，索性光著腳把自己放在你的腳上；和我廝守吧，因為一輩子很短暫，好像只夠好好愛你一個人。

我們愛一個人，就是交給這個與我們對峙的世界一個人質。我愛你，就是將我自己當成人質交給你，從此，你有傷害我的權利，你有拋棄我的權利，你有冷落我的權利。別的人沒有。這個權利，是我親手給你的。千辛萬苦，甘受不辭。

我愛你，就是將我自己當成人質交給你，

從此，你有傷害我的權利，

你有拋棄我的權利，你有冷落我的權利。

這個權利，是我親手給你的。

千辛萬苦，甘受不辭。

輯四

我想知道你的心事，或者成爲你的心事

想和你見面，地點你選。

森林、沙漠、世界盡頭的星空，

草原、海邊、清晨大霧的巷弄，

就是別約在夢中。

想念一個人的感覺，
就好像他坐在你心上盪鞦韆

柔風輕拂著月夜，泛黃的書頁寫著你的溫柔，在我的心頭濺起漣漪。對你的思念成了我心湖彎裡一艘擺渡的小船，那彎彎的船艙裝滿了我晶瑩的情感，真切的、溫柔的、細膩的，向你駐足的方向遊渡。

我相信，愛的本質就如同生命的單純與美好；我相信，所有的光與影的反射和相投；我相信，一座美麗的花園，只源於一粒種子；我相信，三百篇詩，反覆述說著的，不過是沒能說出的想念；我相信，你是綿延的山丘，起伏我的每一寸心脈。

想念一個人的時候，心裡潮潮的、濕濕的，飽滿得像漲了水的河。可有時又空空的，像河床上攤曬出來的光光的石頭。有時心裡軟軟的、潤潤的，像趁著雨水長起來的柳梢。有時又悶悶的、燥燥的，像燃了又燃不烈的柴火。千迴百轉的心思，嘴裡不說、眼裡不顯，可是每一根頭髮，每一個毛

孔，卻無時無刻不在訴說著，喋喋不休。

愛的時候，我們會找不到自己、看不清對方。方寸是亂的，心旌是動的，神智是昏的，魂魄是醉的。愛到如此，你是那麼夢幻、那麼迷離、那麼美，你就是心中一千次一萬次設想過的那個公主或王子，每次都猶如童話般盛裝蒞臨。

我覺得這個世界美好無比。晴時滿樹花開，雨天一湖漣漪，陽光席捲城市，微風穿越指間。入夜，每個電臺播放的情歌，沿途每條山路鋪開的影子，全部是你不經意間寫的一字一句，讓我一遍又一遍地朗讀。

我沒有很想你，只是在高興的時候會想起你，你是我第一個想要分享的人；我沒有很想你，只是在不高興的時候會想起你，你是我第一個想要傾訴的人。喜歡靜靜地想你，捧著一本厚厚的小說，在字裡行間尋找你的影子。你的身影很

模糊，你的臉龐很朦朧，但這並不影響我想你的情緒。

　　一首歌曲，會想到你；一個句子，會想到你；一部電影，會想到你；一個背影；會想到你。天空的飛鳥，會想到你；水中的雲影，會想到你；雨中的花瓣，會想到你……，我總是在與你無關的事情裡，轉幾個彎想到你。

我總是在與你無關的事情裡，

轉幾個彎想到你。

想起我的時候，你會不會像我一樣睡不著

　　想念你的時刻，我會把心窗打開，讓整個春天的詩意走進來，我好在那爬滿薔薇的藤架下，將你的每一個眼神、每一個動作，譜進彩色的音符，讓那朦朧的情愫在琴弦上跳動。那時，你會如一只美麗的蝴蝶，藏在我的樂章裡抖動起思念的翅膀，讓我深情地思念。

　　幸福就好像天空中點點繁星，思念如同把一個愛字，鑲嵌在最美麗的詩裡。當華燈初上，夜色闌珊，如水的月色裡，抖落了一地相思的花瓣。聽說，如果你夢到了一個人，是因為那個人正在想你。那麼，可不可以允許我，跌進你的夢裡。

　　你會不會在看到漫天星空的時候，尋找哪一顆是有我的星球，會不會像我一樣，想著是不是當我在想你的時候，你也恰巧在想念我。我能夠在很多人中第一眼就找到你，能夠在嘈雜的人群中聽出你的聲音，你的頭髮和夕陽的顏色一樣

溫暖明麗。你變得和所有人都不一樣，因為我們之間有了和其他人所不一樣的聯繫。

喜歡你的心情，是不經意埋下的一顆種子，在某天突然發現那顆種子悄然生長，抬頭一看，是一樹的繁華。少女的美麗情懷，總比夕陽無限美。羞澀如含苞待放，日復一日，總會見鮮花如陽嬌豔。你可知道，我如山彎折的小心思？我的靦腆可否入得了你的眼，你可有心思要對我好，你可有心思要陪我走青春的路？

思念在見不到對方的日子裡瘋長，如此折磨著人，直到見了面，症狀才有所舒緩。見一次面，即使只是瞥上一眼，也夠好幾天的念想了。心底那百轉千迴的心思啊，也只有自己知道。

當我還不懂得愛的時候，我並不孤單，甚至不懂得寂寞

為何物。當你出現以後，一切都改變了。你給了我太多的好，讓我中了毒，思念你成了我每天早起和晚睡前必備的功課，於是寂寞成了陪伴我的彎月，孤單成了我的最美裙衫。

相互喜歡的人會在彼此身上安裝幾個神奇的開關。捏捏臉會笑，摸摸下巴會笑，碰碰肩膀會笑，就連聽見對方的名字，都會笑。

聽說，如果你夢到了一個人，是因為那個人正在想你。

我每天只想你一次，卻持續了 24 小時

我應該討厭你，討厭那個讓我心煩意亂的你。可是，不管我念與不念你，你都沉澱在我眼裡；不管我想與不想你，你都落入我腦海裡；不管我喜歡你還是討厭你，你都深深地住在我心底……，如一條湍急的河流在我的心裡波濤洶湧，而我，卻無法躲藏。

想你，可以在時空裡的任何一個交點，它們圍繞著你，描繪出你可愛的模樣。你在我腦海裡深深存在著，雖然你給過我的畫面屈指可數，我卻如數家珍。在每一次想你的時候，我都小心翼翼地把它捧在手心，仔細翻看，不管多少遍，都不會覺得厭煩，那些綠了滿樹的葉子，又黃了滿地的葉子，都在竊竊地笑我的癡呢！

沒有星星和月亮的夜晚，我在漆黑中屏息聆聽心中的吟誦。思念不總是幸福的，也有傷感和憂鬱的時候。思念越深，惦記越沉，牽掛越厚。一天 24 個小時，1440 分鐘，分

分秒秒思念在心頭。說我癡、說我傻也不為過。就算只擁有你一個的微笑，我也感到幸福。

似乎也只有你的存在，我才能深刻地感覺到，那些思念如同生長的藤蔓，在我的心裡扎根盤旋，鬱鬱而生成整個青春的蔥綠。那時候我才明白，原來所謂愛情，就是這樣折磨人的東西，就算我們在愛情裡疲憊不堪，比起彼此相擁的那些分秒，一切的付出都顯得微不足道。

當一個人遭遇愛情的時候，是一生中最浪漫的季節。關心和牽掛充斥著每一分、每一秒，陪你鬧、陪你笑、陪你一起煩惱。

我一直想要和你一起，走上那條美麗的小路。有柔風、有白雲、有你在我身旁，傾聽我快樂和感激的心。看你的時候，你在我的眼裡；想你的時候，你在我的腦裡；喜歡你的

時候，你出現在我夢裡；愛你的時候，你就住在我心裡。最甜的不是糖，是你的笑。

　　如果硬要說我有多愛你，我只能說，想你的時候，我甚至可以忘了呼吸。自己一個人的時候，你更是成為了我的心思的主角，這樣的你，讓我羨慕。

思念不總是幸福的，
也有傷感和憂鬱的時候。
思念越深，烙記越沉，牽掛越厚。

多希望自己變成天氣，
這樣就可以成為你的話題

你誇我很會聊天，其實你不知道，我是個嘴笨的人，每次跟你說話的時候，我都動用了腦子裡所有語文知識。所以，這個世界哪有那麼多的一見如故、無話不談？你說的話題我都感興趣，你說的風景我也覺得很美麗，你讓我看的電影我也覺得好精彩，這一切只不過是因為我喜歡你。

在我漆黑的世界裡，你泛著溫柔的光。有時，我很怕自由和時間把你帶走，但我願意相信，每一刻我都在你心頭，就像你在我心頭一樣。從遇見你開始，我便如獲至寶，所有的東西與你相比都黯然無光。

我們都有過那種把喜歡一個人，看作和吃飯、念書、走路一樣重要的日子。那時的我們，渾身充滿了莫名其妙的動力，想要探究關於他的世界，聽他愛的音樂，走他走過的路，他的聲音和冷幽默相得益彰，他的沉默寡言映襯著內心的千山萬水，他操場上模糊不清的身影有著特別的美感。

那時的我們，相信這世界的美好唯他而已，心裡滿溢的是快樂。

做事總三分鐘熱度的我，卻愛了你這麼久；平常丟三落四的我，卻把你記那麼清楚。誰知你那麼平凡的名字，卻影響了我那麼多的情緒。你不需要做任何事，你存在的本身，已取悅我千萬回。

我們總在最不懂愛情的年代，遇見最美好的愛情。如果我是你的一顆淚珠，我會落到你的唇間，常駐你的心裡；如果你是我的一顆淚珠，我一輩子也不會哭，因為我怕失去你。

對你，我沒有擲地有聲的諾言，我只是在點點滴滴的眷戀裡，把你安放在心上。與你溺在這時光裡，彼此默默陪伴著。一萬個美好的未來，也抵不上一個溫暖的現在。流年，

請許你我安然無恙，情真意長。

　　但凡你能控制住的，就不是相愛，而是需要了。相愛就是明知不能要，卻偏偏忍不住。是總想要離開，卻偏偏走不掉。是明明孤獨，卻依舊很想念。這些看起來很無奈，但實際上，就算因為愛而備受煎熬折磨，也會在擁有那一瞬甜蜜的時刻，彌補了所有。

這個世界哪有那麼多的一見如故、無話不談？

你說的話題我都感興趣，

你說的風景我也覺得很美麗，

你讓我看的電影我也覺得好精彩，

這一切只不過是因為我喜歡你。

我想知道你的心事，或者成爲你的心事

　　我喜歡這樣想你，想你的名字、想你的身影、想你的笑聲，想與你相擁在雨中漫步，想與你在幽幽月光下攜手相依，然後一起慢慢老去。想讓自己的心有柔柔的疼痛和幸福的甜蜜，也想在這寧靜的夜空裡呼喚你。儘管我知道，漆黑的夜無法將我的心聲傳得很遠。但我總覺得，無論多遠，你一定能夠聽到。

　　我想要的，是你做的事情就算不浪漫我也會感動；我想要的，是有你在身邊就安心的每一個瞬間；我想要的，是即使邋遢素顏，也可以在你身邊笑得很甜蜜。不管我們要去哪兒，不管前面是什麼地方，也不管我們要去做什麼，這些都不重要。重要的是，和你在一起。

　　遇到喜歡的食物，會吃到撐；遇到喜歡的電影，會徹夜看到眼睛痠痛。可即使是這樣，下次見到喜歡的食物和好看的電影，還是不能控制，就像我喜歡你，沒有節制地喜歡了

一次之後，也還是想要再衝動一次。

常常在不經意間，會去想你對我說的話，就算是最平凡不過的言語，對我而言，也是最深情的情話。因為那是從你心底流淌出來的聲音，所以我才如此稀罕。你的一顰一笑、一言一語，都牽動著我的神經，那種敏感的程度只可用心感知，無法用言語來描述。

你在我開放的路口，停住了腳步，花開爛漫，你單單注意到了我這一朵，這分明是上天的眷顧。那似一滴一滴的晨露，便是我一滴一滴的感動。在最美好的歲月，遇見一個讓自己傾心的人，青澀的光陰因為你而變得有意義。你的過去我無從知曉，你的未來我無法預料。那麼，能不能請你，給我一個現在的擁抱。

其實每次我拿起筆準備敘述你的細節時，總是忍不住出

神，真抱歉，情話沒寫出來，可我實實在在地想了你一個小時。思念這東西真是奇怪，來得那麼鋪天蓋地。

始終相信，遇見是上天的恩賜，也許，我就是為尋你而來。想像著，在落滿楓紅的小徑上，與你十指相扣，不求地老天荒，只求莫失莫忘；想像著，在這個冬季，你的柔情微笑會如雪花般開滿我潔白的手臂，沿思念的脈絡瘋長，我會深情地握住這份幸福，用你的名字取暖。

其實每次我拿起筆準備敘述你的細節時，

總是忍不住出神，真抱歉，情話沒寫出來，

可我實實在在地想了你一個小時。

如果思念會有聲音，你早已嫌我吵了

情不知所起，卻一往而深。怎麼能忘呢？那一日，你眉眼清亮如水，聲音清澈溫暖，那一日的陽光也是這般溫暖，絲絲繞繞、纏綿成扣。你就在我的心裡生了根、發了芽，漸漸枝繁葉茂，再不能忘懷。

天氣很好，風也柔和。我突然想穿過幾個城市去看你。見不到你的時候總會想，見到你的時候，要把那些想對你說的思念都說出來。然後，想在見面的時候，看到你叫著我名字時笑著；想在見面的時候，不管不顧地給你個擁抱。可是，見到你後，我卻只想靜靜地看著你。

如果你現在出現在我面前，我想我會一動不動，安然自若地對你微笑，表情無辜。這種裝作不放在心上的表情，是我少數充滿自信的看家本領之一。那時候，正午的太陽一定在我背後溫暖地照耀著，然後我會順著陽光的方向，走向你，將你緊緊地抱住，好像要抱住整個夏天的氣息。

愛的滋味從來難以說清，水是淡的，心卻是甜的；天是陰的，心卻是明媚的。風是溫情的手，擺弄雲的嫵媚，輕輕的一個揉捏，雲就呈現出你的模樣，只簡簡單單的一些細碎，就敲出了愛的樂章。愛原來就是簡單兩字可以形容，簡簡單單，走入心的，才是最美。

　　你說出的每一句話，都是開在我心裡的花。我把那些花懷抱在心裡，直到有一天，我才知道，那束花不是百合，而是帶刺的玫瑰。細細密密地刺傷著我，扔掉捨不得，留下卻又傷心。

　　我想跨過天南地北去擁抱你，我想在落日的餘暉裡與你牽手前行，我想和你吃遍世間所有的美味。好的愛情是說不說我愛你，你都不會介意。因為平日裡的每個眼神、每個微笑、每處關懷，都已經說過千萬遍。若我情深意濃，你可不可以從此駐足不再漂泊。

明知道思念只會增添心中莫名的煩憂，卻還是忍不住一遍又一遍、一次又一次地試圖透過思念將你緊緊牽絆。我想，如果思念會有聲音，你早已嫌我吵了。

見不到你的時候總會想，見到你的時候，要把那些想對你說的思念都說出來。可是，見到你後，我卻只想靜靜地看著你。

如果風吹癢了你的耳朵，
是我在叫著你的名字

我幻想你會找我，於是，我時常坐在上了年歲的大樹下等你，在夜深人靜的時候偷偷地回憶我們在一起的片段，站在樓頂朝著你所在的方向感觸良多。若不是因為愛著你，怎麼會夜深還沒睡意，每個念頭都關於你，我想你，想你。

我想要跟你在一起，如果可以貪心一點，最好歪歪頭就能靠到你的肩膀，伸出手就能相互擁抱。在一起，是你高不高興、健不健康，我都可以看到。

想看你笑，想和你鬧，想擁你入我懷抱，因為你是我一生只會遇到一次的驚喜。我的一雙眼睛追著你亂跑，我的一顆心早已經為你準備好。我想帶你去看天荒地老，在陽光燦爛的日子裡開懷大笑，在自由自在的空氣裡吵吵鬧鬧，在無憂無慮的時光裡慢慢變老。我全部的心跳，都隨著你跳動。

每遇到一處美景，每嚐到一樣美食，每聽到一段笑話，

就會想，要是你在就好了。所以你永遠也看不到我最寂寞時候的樣子，因為只有你不在我身邊的時候，我才最寂寞。

想你有兩種方式，眼裡和心底；見你有兩種方式，看你和抱你。一場又一場的大雨讓這個城市變得陌生，一見你我就又是全新的了，於是乎我把下雨和見你叫作洗禮。世界上美好的東西不太多，但有夏季傍晚河岸吹來的風和冬季笑起來要人命的你。

當心裡只有一個人了，這個世界上就會只剩下我們。上了心的人，才會在心上；動了情的情，才會用深情。我的心其實很小很小，裝一份愛足夠；時間其實很少很少，陪一個人就好。青春那麼短，世界那麼吵，我不想爭吵、不想冷戰，不願和你有一秒的遺憾。

你種下一份相思在我心中，於是，我把思念刻上你的名

字。從此，不管白天與黑夜，想你總是在不經意間，似乎永遠不知疲倦。白天想你在心裡，夜晚想你在夢裡，你的身影，是我心中最深的依戀。

當心裡只有一個人了，
這個世界上就會只剩下我們。

輯五

如果世界對你不溫柔，我願做你的世界

我知道，我不能給你全世界。

但是，我的世界，全可以給你。

你不開心就欺負我吧，反正我那麼喜歡你

　　我把我整個靈魂都給你，連同它的怪癖、耍小脾氣，忽明忽暗，一千八百種壞毛病。我的靈魂真討厭，只有一點好，愛你。有時候，我也會擔心，有一天你會突然發現，我沒你想的那麼好；有時候，我多想一不小心，就和你到永遠。

　　親愛的，和你在一起的時候，你總是問我在想什麼，我笑著說「沒什麼」，因為我只是喜歡靜靜地坐在你的身邊，你有一種讓我猶如深呼吸後放鬆的魔力。儘管我們也會爭吵，可是我總會原諒你，或者讓你原諒我，我一直覺得我們就該在一起。我從來都沒有想過要和你分開，即使是我們吵得最凶的那次。

　　一個人對你的好，並不是立刻就能看到的。因為洶湧而至的愛，來得快去得也快。真正對你好的人，往往是細水長流。你可能會怪他好像沒有付出真心，但在一天天過去的日子裡，卻能感覺到他對你無所不在的關心。好的感情，不是

一下子就把你感動得暈頭轉向，而是細水長流地把你寵壞。

　　總有一個人會放下底線來縱容你，不是天生好脾氣，只是怕失去，才寧願把你越寵越壞，困在懷裡。別人擔心你會胖，他卻擔心你沒吃飽。有一點牽掛卻不糾纏，有一點想念卻不會傷心。一個真正值得去愛的他，和一個真正懂得回應愛的你，自然會讓愛情變得簡單而長久。

　　一輩子，就做一次自己。這一次，我想給你全世界；這一次，遍體鱗傷也沒關係；這一次，我想用盡所有的勇敢；這一次，我可以什麼都不在乎。但只是這一次就夠了。因為生命再也承受不起這麼重的愛情。願意為你丟棄自尊、放下矜持，不管值不值得，不管愛得多卑微。

　　每次被你氣得感覺自己忍無可忍了，在去跟你碰面的路上，總會暗下決心要好好罵罵你。可是，看見你的一瞬間，

卻什麼狠都耍不了，就好像我們總是可以為愛的人忍無可忍，又從頭再忍。

　　愛是會甜蜜、會生氣、會瞎猜的。當你開始有小情緒，有憤怒和鬱悶，才是真正愛上了。他會把你氣哭，但也會哄你笑；他會跟你爭搶，但終究會把好東西留給你；當你獨自出門，他會電話連連；他很懶，也會勤快得讓你無事可做；他說著不在意，但老是第一個想到你；他不常說「我愛你」，但比誰都清楚你無可替代。

一

我們總是可以為愛的人忍無可忍，
又從頭再忍。

我得過上百次的感冒，
你是我經久不退的高燒

我愛你在 22 度的天氣還會感冒，我愛你皺著眉頭嘟著嘴佯裝生氣的樣子，我愛整天和你待在一起然後在我衣服上還能聞到你的香味，我還愛你是我每晚睡前最後一個想說話的人。不是因為我孤單，而是當我意識到想要與你共度餘生，我希望餘生越快開始越好。

你知道，喜歡一個人的好處是什麼嗎？就是他對你的一切都像是禮物。連用訊息聊天的時候看到對方「正在輸入」的提示，都覺得是暗藏的驚喜。不喜歡的人，再怎麼喜歡你，就算聊了一萬句，你也不會快樂；喜歡的人，再怎麼不喜歡你，只要聊一句話，你都會開心得睡不著。

我遇見你的那個冬天，你站在學校的頂樓，看天空、聽歌、發呆。那時候的天空，並沒有因為你的憂鬱變得淺藍，可是後來的天空，卻是因為我喜歡上了你而變得深藍，深邃如你看我的眼神。你的眼裡，是一片汪洋大海，我沉溺在裡

面，沒有游泳圈，也沒有救生衣。而我，沒有掙扎。

當感情真正發生的時候，才會發現，一直想要的東西，與條件無關，與優秀無關，只與自己的心有關。把心打開的時候，有一個人進來，我會發現自己心靈的缺失，很容易滿足。若你是牢獄，我願困於你心。

有些人和你在一起，會令你疑神疑鬼；有些人和你在一起，卻讓你神采飛揚；有些人和你在一起，會令你哭泣難過；有些人和你在一起，卻讓你越來越好。有沒有愛對人，看看自己的狀態就知道。越來越差的，不管有多愛都是錯的。愛對人，他會讓你如沐陽光。溫暖，是愛情的真諦。

好想講那些讓你咯咯笑個不停的笑話給你聽，講那些讓你安穩入眠的故事，塞給你甜甜的糖果，讓你留在我身邊也不會覺得厭煩。無論在哪裡、在做什麼，心裡總是會不由自

主地想起你。聽到一首歌時會想起，看到一個場景也會想起，幻想著一切與你有關的畫面。我不清楚，這算不算愛得深，只知道它是情感的全部。

　　我覺得，愛是當別人指出你的缺點時，我沒有急著為你辯解，而是說：「對呀，我知道他有這些缺點，可我還是愛他。」

有沒有愛對人，看看自己的狀態就知道。

愛對人，他會讓你如沐陽光。

你一百種樣子，我一百種喜歡

　　或許只是因為那天陽光很好，而你穿了一件我最愛的襯衫，而愛情，就是這樣自然而然。愛你，是源於你最真實的樣子，正是因為你的不完美，所以才要留在你的身邊，給你幸福。無論時間如何將你我推遠，我希望你依舊是那個真實的你，不欺騙、不遮掩，足以讓我一眼望穿。

　　好的感情，不是每天都活在對方夠不夠在乎自己的擔慮裡。一段感情，不用為了變成對方想要的樣子而只懂遷就，更別去計較誰付出得多或少，平淡相處。所以，我想一直做我自己，但願你還能如當初一樣喜歡我。

　　我不會錯過一個愛我愛到骨子裡的人，因為每個人的生命裡，這樣的人可能只有一個，而這個人大概也只可能這樣去愛一次。我想讓你看穿我堅強的背後，還有好強、逞強；我把所有的缺點都展示給你，依舊盼著你癡心不改；我要讓你懂我全部的心思，一個微笑、一個眼神都是默契；我願意

走入你的心田，成為另一個你。

　　親愛的，我的耳朵有點餓了，你的聲音或許是某種食物；我的眼睛有點疼了，你的目光或許可以輕輕幫它揉拭；我的四肢已經迷路了，你的注視或許是最亮的燈塔；我的心跳越來越密集了，你的嘴巴或許可以道出它的驚慌。親愛的，當我愛這世界時，我希望所有人都能和我一起來愛它，但當我愛你時，我卻希望全世界只有我一個人在愛你。

　　你的眉與眼，滿心都是我愛的模樣，淺笑、唇沾了霧水，雙眸亮如星辰，低眉望著月的池，不小心吻了路過的風。我願意用真心作針，以深情為線，在歲月的棉麻青衣上一針一縷，織補那些想要給你的花好月圓。

　　喜歡一個人，並不是因為他有多好帥多美。他不是傾國傾城，但是卻剛剛好能填滿你的眼睛。夕陽殘落，餘暉映照

的光影，映著他的側臉，蘋果紅的甜蜜是屬於初戀的顏色。你揮舞著雙臂，站在寒風撫過的操場，側耳傾聽他的聲音，宛若愛麗絲仙境飄出的嫋嫋音節，他像是那朵開在清幽山谷中，令人不敢褻瀆的花。

　　透明的雨衣放在院子裡曬太陽，金黃色的光暈在雨衣身上畫著地圖。哪一條路線才是通往你心裡的捷徑，我不知道。人間四月，街口的桃花迎著春風笑開了懷。我聞見香氣從街口傳來，滿滿都是你的味道，你的影子在那裡停留，我多想朝你走去。

當我愛這世界時，
我希望所有人都能和我一起來愛它，
但當我愛你時，
我卻希望全世界只有我一個人能愛你。

你是我的心裡唯一一塊柔軟的地方

　　少年時候，你喜歡一個人，對方也喜歡你，是你能想到的最美好的事，那是一種單純的喜歡，單純得沒有一點瑕疵。你鬥志昂揚、無畏無懼，你逆著人潮走向他，就好像你們必須相愛，此時、現在，一刻也不能等。

　　我用我靈魂所能達到的極限來愛你，就像在黑暗中感受生命的盡頭和神的恩惠。我愛你，是日光和燭焰下最基本的需要，我無拘無束地愛你，就像鳥兒青睞著天空；我無比純潔地愛你，就像詩人因為美好而陶醉。

　　在愛情裡，最難得的是，你對我敞開了心；在愛情裡，最幸運的是，我住進了你的心，如此而已。我從來不知道我可以這麼熱衷於一件事情，這件事情叫作初戀；我從來不知道我可以這麼喜歡一個人，這個人是你的名字。

　　聽說你在的城市下雪了，想知道夜深人靜的時候，雪花

落下是什麼情景，葉子劃過屋簷時唱了什麼歌。想知道你擁著黑色圍巾呵手的氣息和你手裡奶茶的溫度。我眼前有孤獨的老樹，如你指節的分明，鎖骨的清瘦。你喜歡，山川雲海，林間的風，停留在故紙堆的風情。而我，喜歡你。

當其他星星都換了方位，北極星依然會在原地，當別人不了解你、不原諒你，甚至離開你，我會給你閉上眼睛、摀起耳朵的信任。你別擔心，只要我守在原地，你就不會迷路。

有時候想要你陪我說話，就算只是一句毫無意義的言語，我也能感覺我正被你在乎著。有時候希望你能懂我所有沒有說出口的話，就算有一天我對你口不擇言也不能把你趕走。

愛情跟夢想都是很奇妙的事情，不用聽、不用說，也不

用翻譯，就能感受和觸摸到。從最初的動心到堅定不移地在一起，似乎只是一個瞬間的轉變。有人說，當你看一個人，怎麼看都覺得他可愛，不管他做什麼事，你都覺得很好笑，他只要自然地在你旁邊，你就覺得很幸福，那就表示，你真的很喜歡他。

你們必須相愛，此時、現在，一刻也不能等。

只要跟你在一起，我什麼都不怕

　　你是我最愛的一份不張揚。安靜的你，深藏美麗，越過所有誓言，是鑲嵌在我內心深處最美的祈念。對你，我沒有擲地有聲的諾言，我只是在點點滴滴的眷戀裡，把你安放在心上。千萬種情緒湧上心頭，覺得怎麼愛你都不夠，卻又覺得抱住你就夠了。

　　為你摘一片落葉，趁太陽還未趕來，悄悄送到你窗旁，不知你是否需要繁花陪襯。不知夢境是否有我的參與，希望你的嘴角依舊上揚。多想在你睜眼的那一瞬間，成為你眼裡所看到的世界。美好、溫和、靜世安好。

　　荷爾蒙只負責一見傾心，柏拉圖負責白頭到老。我不是碰不到更好的，而是因為有那麼一個人，讓我不想再碰到更好的；我不是不會對別人動心，而是因為有那麼一個人，我就覺得沒必要再對他人動心；我不是不會愛上別人，而是更加懂得珍惜那個人。即使他不是最好的，但卻是我最珍惜的。

你在打球的時候，我會抱著你的衣服在籃球場邊上等你。看著你的身影在奔跑、跳躍，那時候我們都很美好。每每看著你朝我走來，心裡總能有一圈一圈地起伏，彷彿有人在我的心湖投下了石子，一個又一個的悸動，就是喜歡一個人的心情吧。

當你心疼一個人的時候，愛，已經住進了你心裡。愛是一種心疼，只有心疼才是發自內心的感受。溫柔可以偽裝，浪漫可以製造，美麗可以修飾，只有心疼才是最原始的情感。

愛情和什麼都沒有關係，愛情就是愛情，有的愛情自帶房子，有的愛情自帶車子，有的愛情一開始什麼都不帶，但我相信，只要和你在一起，將來都會有。我不需要多麼完美的愛情，只想要你永遠不會放棄我。

有人把愛情比喻成一隻鳥。在生命的長河裡，總有那麼一瞬，總會在某個地方，你會遇到牠，那時候，這隻鳥正蜷曲著一條腿，在陽光下輕輕梳理著自己的羽毛，那樣子乖巧可愛極了；又或者，那時候這隻鳥正展翅滑翔，張揚瀟灑。總之，只要一眼，你的心靈頓時被愛擊中。從此，你為它笑、為它哭、為它心動、為它心痛。

愛情和什麼都沒有關係，愛情就是愛情，

有的愛情自帶房子，有的愛情自帶車子，

有的愛情一開始什麼都不帶，

但我相信，只要和你在一起，將來都會有。

我身邊並不擁擠，你來了就是唯一

這一生總會愛上那麼一個人。你可能並沒有多好，我只是剛好就喜歡那幾分好。你的一分關心讓我放棄了十分的甜言蜜語，一分坦誠讓我放棄了十分的信誓旦旦，再加一分在意便像讓我得了全世界。這叫偏愛，因為偏愛，所以一意孤行，只因我靈魂缺失的一角，只有你能補全。

有一種感覺，是知道某個人不會輕易離開你，無論經歷怎樣的挫折與爭執，繞一圈，還是走回來。真愛，只是給予彼此的一種「篤定」。

我們一起走過的馬路，都清晰地記得「我愛你」這件事情；一起爬過的那些滿是荊棘的山頭，就好像是你我未來的路；一直走在你身後的我，看著你為我斬斷荊棘，開出幸福道路；緊緊握著我的手的你，生怕在你身後的我受傷。這時候你永遠不知道，我有多麼幸福。

比起並肩、牽手、接吻，我想我最喜歡的，其實應該還是擁抱吧。當我用雙臂緊緊把你箍在懷裡時，沒什麼比那更能讓人體會到什麼叫「擁有」了。

　　有個懂你的人，是最大的幸福。我不一定十全十美，但我會學著讀懂你，走進你的心靈深處，直到看懂你心裡的一切。我會一直在你身邊，默默守護你，不讓你受一點點的委屈。我想，真正愛你的人不會說許多愛你的話，卻會做許多愛你的事。

　　遇見了你，也在你心中遇見了另一個美麗的自己。那些感動了我們心靈的時光，將永遠停留在那清香的時刻。我會在內心為你留一席之地，這個位置不屬於別人，將永遠只屬於你。世上果真沒有無緣無故的喜歡，即使是一種即時邂逅而產生的片刻情感，原來也出自彼此骨子裡某些相通相似的地方。

想和你在一個綴滿星星的夜晚，並排躺在柔軟的草地上，微風輕吟著愛的絮語，星星閃爍著浮動的情思，你我無需言語，就有一種默契在溫柔的地表間傳遞。一生裡，如果曾這樣的愛過，就算愛如夏花，只開半夏，也無怨無悔。

有一種感覺，是知道某個人不會輕易離開你，無論經歷怎樣的挫折與爭執，繞一圈，還是走回來。

真愛，只是給予彼此的一種「篤定」。

全世界都在我腳下，只有你在我心裡

即使在千萬人中行走，我也能一眼認出是你。因為別人都是踩著地走路，而你是踩著我的心在走。因為愛你，即便要背離我曾經的世界，即便會傷痕累累，即便是飛蛾撲火，我也在所不惜。因為有你，我才開始擁有了世界。

我覺得這世界有很多美好的東西，比如夏天的冰鎮西瓜，朋友帶來的外賣，購物車裡的白巧克力，貨架上各種口味的果凍。可是，這些跟你比起來都微不足道，我還是最喜歡你，我願意拿所有好吃的去換，去換我最喜歡的你。

不是擁有全世界才快樂，而是因為你就是我的世界，所以才如此之滿足。感謝你走進我的心裡，更走進了我的生命，你出現後的每一個日子都變得不再平凡。或許，對於世界，你是一個人。但對於我而言，風景再美，都不及你好看。你在時，你是一切；你不在時，一切是你。

愛情就是當全世界人都不相信你時，他傻傻地相信你；當全世界人都背棄你的時候，他守候著你；當全世界都充滿了敵意的時候，他保護著你；當你離群索居時，他打包行李跑來找你。愛情是只要和一個人在一起，就會忘記全世界。

　　有些人，只是一個轉身，卻已是天涯，就像有些事，只是一個轉折，卻已是海角。何謂天涯？又何謂海角？沒有人知道，只是一直前行，一直前行。如果一切真的消失，地球也不見了，那我對你的喜愛，還要在世界裡走幾個光年才行。

　　我真的想和你有很長的未來，很想把所有好的東西都給你，很想肆無忌憚地愛你，很想每天跟你在一起，很想在你不開心的時候哄你，很想你也同時依賴我，很想得到所有人的祝福，很想陪你走完這一生。我打算愛你很久很久，沒有要放棄的念頭，但願這些你都知道，並且也是這樣想。

你可能不太明白，我為什麼這麼重視跟你多吃一頓飯，跟你多看一場電影，甚至跟你多走幾步路都會開心得一陣陣傻笑。倒不是我有多愛吃那頓飯，多想看那部電影，多想走那幾步路，只是因為做這些事的時候是跟你一起，而這些小事對我而言，就是你全部的陪伴。

你花時，你是一切；

你不花時，一切是你。

愛情是只要和一個人在一起，

就會忘記全世界。

輯六

後來，我喜歡的人都像你

青梅枯萎，竹馬老去，
從此我愛上的人，都很像你。

被你喜歡過以後，
再也不覺得別人有多喜歡我

　　我們都很好，只是時間不湊巧。可是那麼多年的喜歡，讓我們之間擁有了更深刻的聯繫。比情人飽滿，比朋友扎實。那是，羈絆。

　　有一些時光，要在過去後，我們才會發現它已深深刻在記憶中。多年後，某個燈下的夜晚，驀然想起，會靜靜微笑。你已在時光的河流中乘舟而去，消失了蹤跡。可是在我心中，卻流淌著跨越了時光河流的溫暖，永不消逝。

　　歲月已將我心鍛成堅強的鐵，令我能從容面對人世風霜。唯有你，輕易地就能讓它碎裂。只因，你是我所有的青春歲月，是我所有不能忘的歡笑與哀愁，堅硬的外殼下，總有一處深藏的角落，為你溫柔地跳動。

　　在最後的離別時刻，我聽見自己骨節拔高的聲音，細胞分裂時窸窸窣窣的聲音，不停地掉屑，齒輪在堅硬地磨合，

可是疼痛已經不再切膚。告別你的那天晚上，是漫天的風雨，窗外嘈雜一片。一直忘了告訴你，我是那麼捨不得你，那麼的捨不得。

這一生好漫長，有些人錯過了，才讓我明白愛和擁有是兩件事，適不適合比喜不喜歡更重要。或許一切都是最好的安排，就是後來我們沒有在一起，但是很久很久以前，還好遇見你。

你一生中會遇到許多美好的人，可是最打動你的，永遠是年少時遇到的那個。正如你一生聽到許多好聽的歌，可是你唱得最好的，永遠是年少時學會的那首。終有一天你會知道，公車 5 分鐘一班，地鐵 7 分鐘一班，有的人、有的事，一輩子只有這一班。

我在找尋你所藏匿的時光，它們刻在誰的掌紋，倒映在

屬於誰的夏天。混沌了的光線，拉長為舊日畫面，觸摸到光陰厚重的彌留。我躲在年輪的光圈，獨自化作思念。沒有人會在乎指尖劃過的弧線，只有你迷離而又溫柔的雙眸才是黑夜最驚鴻的一瞥。

有些人錯過了，

才讓人明白愛和擁有是兩件事。

說了再見之後，再也沒見

　　那些年，我們每個星期換一次位置。於是，轟轟烈烈搬桌子、挪書本，計算著與心上人的距離。那些年，上課時總會偷偷望向喜歡的那個人。時光雖然過去了，但過不去的是美好的記憶。我知道，每段時光，只要放在心上，已經是天長地久了。

　　命運的門有時就是這麼窄，兩個人不能一起過，到了時間，總有離開的先後。回過頭看，其實誰都沒錯，只是不適合。後來自己終於變成了對方喜歡的樣子，但卻不再屬於對方了，你那邊雨還沒停，我的世界已經放晴。

　　愛情的最開始，我們總是愉快地笑著，好像這輩子再也不會哭了。彷彿這輩子除了眼前人，彼此再也不會牽起另一個人的手一樣。一段愛情，兩個人成長。先紅了臉，再紅了眼，也許這就是愛情。無論是否能夠終老，那麼投入地愛過彼此，流過那麼多真心的眼淚，我們都長大了，也都不曾辜

負那段青春歲月。

那個消失在人海的男孩，教會你愛是會流動的風。那些約好一起變老的女孩，教會你愛是原地深情的磐石。那些你愛聽的歌，翻唱起來卻總是走了調。那些在零度風景下的冰，回想起來變成雪撲進眼睛。愛開玩笑的迷藏，睜眼看就走散了故人。以為痛起來會死掉的傷，時光終於替我們一一撫平。

有一些事情，只有與青春綁在一起才是美好。或許我們一直念念不忘的，不是那個人，而是那段時光，還有那個時候的自己。但是依然感謝，那個陪伴我們無數歲月的少年，溫柔了我們整個年少時光。

歲月是溫柔的刀，我在夢裡，不覺得銳利。我還記得那年晴空萬里，你如夏日驕陽炙熱那一朵飄遠的雲，蜿蜒著的

思念寫下故事的總結，我還記得那年你的年少刻在從前最美的時間，在我生命裡你不曾告別，不曾走遠。

　　一段說長不長說短不短的感情，好像經歷了所有事，又好像還有很多沒有一起做過。你來的時候，只帶來了笑容。你離開了，卻留下了數不完的回憶。關於你的一切，掛在那青春的枝頭，不願老去。我等候在季節的路口，等待燕子帶來關於你的消息。

有一些事情，只有與青春鄉花一起才是美好。

或許我們一直念念不忘的，不是那個人，

而是那段時光，還有那個時候的自己。

以愛爲名的事都值得被原諒

　　所有男孩在發誓的時候，都是真的覺得自己一定不會違背承諾，而在反悔的時候，也都是真的覺得自己沒辦法做到。所以，誓言這種東西無法衡量堅貞，也不能判斷對錯，它只能證明，在說出來的那一刻，彼此曾經真誠過。

　　有很多重要的東西，我在有意無意間都丟了，我走過的路、去過的地方、喝過的酒、唱過的歌，在腦海中也逐漸模糊了。當我想起某些事的時候，還是會有點心痛，可是我知道，時間在讓一些事情變得面目全非的同時，也會讓另一些事情在生命裡紋風不動，比如想念，還有愛。

　　若今生在茫茫人海裡還有幸與你相遇，我想我會穿越熙熙攘攘的人群，以最美的姿態走到你的面前，給你一個久違的擁抱，我想你的懷抱必定和當年一樣溫暖，那種青春獨有的溫暖。如果緣分是一個圓，那麼在圓的盡頭，所有的遺憾，命運都會安排一種特殊的方式，來令其圓滿。

希望你別難過太久，希望你以後也能吃很多飯，希望你不要回頭看我，希望你那裡晴天很多，希望你每天都能睡得熟，希望我們即使偶爾想念彼此也不要再問候，希望你走得越遠就有更好的風景。希望，一別兩寬，各生歡喜。

　　你曾悄然無聲地走進了我的心裡，卻沒有留在我的身邊。你覆蓋了我的紅顏，驚豔了我的世界，你存在於我心靈最柔軟的角落，在我悲傷或者開心時，我都會想起你。你是我記憶裡的一個盛夏，是最絢麗的邂逅，也是最淒迷的結局。

　　總有一些事情是停滯住的，譬如說所有的第一次，第一次拿到最想要的證書；第一次去最大的遊樂場；第一次遇見一個人之後的種種，都像是從那個點延續出來的一些模糊的線段。我們真正喜歡的東西、喜歡的感覺、喜歡的人，在心裡應該永遠不會變樣。

我對身在遠方的你的思念，總在不經意間，悄悄爬上心靈深處的曉月眉彎。或許，每個人心中都有一段情，或濃或淡，不近不遠，卻永遠無法遺忘；或許，每個人心中都有一道傷，或深或淺，若隱若現，卻永遠珍藏。

時間在讓一些事情變得面目全非的同時，

也會讓另一些事情在生命裡紋絲不動，

比如想念，還有愛。

謝謝你，來過我的青春

　　後來有一天，我突然明白你對於我的意義。不是人生的必需，也不是未來的前提。曾經某段路上有你，初食甜蜜，也看過風雨。一度以為感情結束，時間也會失去意義。在後來重複而穩定的生活裡，終於也肯說一句感謝你。你是這歲月得以被記得的原因，也讓這條路有不一樣的風景。不是最好，卻各自美麗。

　　如果所有的錯過都是為了遇見，如果所有的辜負都是為了預備值得，如果所有的傷害都是點綴堅強，如果所有的眼淚都是學會珍惜，那我何其有幸，遇見那時的你，不是太晚，不是太遲。

　　沒有所謂的快樂和痛苦，同樣，也沒有所謂的懷念與忘卻，有的也只不過就是這樣淡淡的青春。在短暫的歲月裡，我只是簡單地愛過你，得到或者沒有得到；簡單地被你愛過，知道或者並不知道。即便是最終也像所有故事的結局一

樣，散落在天涯，兩兩相忘。

我從沒想過，濃烈的熱情是如何被沖淡的？可能就是一次又一次的怠慢和不及時的回應吧。我已經學會不去打聽你的消息，不去琢磨你的狀態。偶爾記起，也只是會嘴角微微上揚，畢竟你給了我別人給不了的，不僅是謝謝你，更要謝謝那段時光。

或許以後的我會喜歡上另外一個人，就像當初喜歡上你一樣，也或許除了你，我再也遇不到能讓我感受得到心跳的人，到最後只能把你埋在心裡。我知道，當青春逝去的時候，很多東西都會面目全非，所以我才更加珍惜，也許你會是我人生中最大的遺憾，但我始終謝謝你，來過我的青春。

愛過了，就別問是緣深緣淺；珍惜過，便是永遠。年少的感情，遇見、交錯，也許已然是最好的結局。歲月，就在

這念與不念之間漸行漸遠，你我的心都在路上行走，一半欣喜，一半憂傷。

當初有些事，讓我們刻骨銘心；曾經有些人，令我們難以釋懷。我們一路走來，告別一段往事，走入下一段風景。路在延伸，風景在變幻，人生沒有不變的永恆。走遠了再回頭看，很多事已經模糊，很多人已經淡忘，只有很少的人和事與我們有關，牽連著我們的幸福和淚水，這才是我們真正應該珍惜的。

你是這歲月得以被記得的原因，

也讓這條路有不一樣的風景。

不是最好，卻各自美麗。

後來，我喜歡的人都像你

　　也許多年以後，我會淡忘曾經經歷的所有細節；也許多年以後，我會忘記自己為你的奮不顧身。所有關於我們的記憶，都敵不過將來我們的忘記。但無論時間如何流逝，日後的我，都不會忘記當初愛你時的心情。

　　有時我還會意猶未盡地想起你，以及有關你的所有。那些色彩游離的畫面構成初戀的全部背景，像古代的壁畫一樣模糊在歲月的撫摩之中。你寫在沙灘上的情話被潮汐捲走，但是在我心中卻鑴銘如銅刻。

　　舊戀情就像一顆檸檬，如果就這麼生吃的話，肯定會又酸又苦。如果用時間稀釋的話，就會是恰到好處的味道。即使再稀釋，即使倒空杯子，也會聞到淡淡的檸檬味，這就是難忘。

　　你也有一個忘不掉的人吧，即使那個人沒有陪你走到最

後。不管他是不是你最好的朋友或者是你愛過的人，你都割捨不掉回憶；不管如今是分開還是陌生，你依舊心存感激，因為他出現在你最美好也是最容易被辜負的時光裡，陪你走過、瘋過、哭過、笑過，給過你溫暖，這一點，是時光都無法磨滅的。

在往後的日子，我也遇見過很多人，有人像你的髮，有人像你的眼，有人像你的微笑，卻沒有一張是你的臉。就好像，我無法複製的光陰，無法複製的青春裡，只有你。

不管如今我們是怎麼樣的關係，至少我曾經深愛過你一場，至少在那場一對一的愛情賽事裡面，我也曾為你傾倒。現在想起來，我會覺得，當初就算是哭著分開，如今也可以笑著回首屬於我們的那段往事，這就足夠了。

有一天，你終會發現，那曾深愛過的人，早在告別的那

天，已消失在這個世界。心中的愛和思念，都只是屬於自己曾經擁有過的回憶。有些事情是可以遺忘的，有些事情是可以紀念的，有些事情能夠心甘情願，有些事情一直無能為力。愛情，是緣也是劫。

舊戀情就像一顆檸檬，

如果就這麼生吞的話，肯定會又酸又苦。

如果用時間稀釋的話，就會是恰到好處的味道。

你錯過的，別人才有機會遇到

　　每一段感情曾經犯下的錯，都會希望在下一個人身上尋求救贖，所以往往是你教會了我珍惜，我卻以之相伴他人；我教會了你愛情，你卻與另一個人共度餘生。大概這就是成長，沒有公不公平。也許有一天，我們會變成永不閃爍的頭像，靜靜地躺在彼此的連絡人列表裡。別難過，這是歲月對你、對我、對那段相互陪伴的人生最安靜、最平和的留念。

　　故事的開頭總是這樣，適逢其會，猝不及防。故事的結局總是這樣，花開兩朵，天各一方。下一個愛上他的女孩，請替我好好愛他；下一個他愛上的女孩，請好好珍惜他。我要感謝那個要陪他走一生的女孩，謝謝你，實現了我一直以來的夢想。

　　這世界從不缺好的故事。故事的結局，靜香沒有嫁給大雄；赤木晴子可能是櫻木花道未完成的初戀。有人曾牽手，但不會到最後，就像剛好在趕不同的列車，可能就與緣分失

之交臂；抑或原本以為能長久同行的人，結果提前下了車。看似遺憾，但世事無常，總要允許有人錯過你，才能趕上最好的相遇。

感謝你贈我一場空歡喜，我們有過的美好回憶，讓淚水染得模糊不清了，偶爾想起，記憶猶新。當初我愛你，沒有什麼目的，只是愛你。

你存在的意義，是詮釋了我倉促青春裡的愛情。也有很多次我想要放棄，但是它在我身體裡的某個地方留下了疼痛的感覺，一想到它會永遠在那兒隱隱作痛，一想到以後我看待一切的目光都會因為那一點疼痛而變得了無生氣，我就怕了。可是我從沒懷疑，愛你，是我做過的最好的事。

難為你走了那麼多路和我相遇，也慶幸在匆忙的青春裡抓住過你。未必懂事，未必成熟，也未必能道得出愛與喜歡

的意義。我想，我們在一起是幸運，若不在一起，那故事一定會自有安排。

你遲早會牽著別人的手，吻著別人的唇，抱著別人入睡；我也遲早會戴著別人給的戒指，穿著別人訂的婚紗，挽著別人的手，成為別人的妻子。也許你會在親吻別人的臉龐時，突然想起我的模樣；我或許也會在依靠別人的肩膀時，眼前浮現你的笑臉。但這一切都與你我無關了，也許這就是青春的殘忍吧。

每一段感情曾經犯下的錯，

都會希望花下一個人身上尋求救贖，

所以往往是你教會了我珍惜，我卻以之相伴他人；

我教會了你愛情，你卻與另一個人共度餘生。

如果時光可以倒流，我還想再認識你一次

　　回憶退回成畫面，記憶零散為情節。在偶然的初夏瞬間，你是我最美麗的遇見。如果時光可以倒著走，我還是會想起第一次遇見你時，達到了 110 次的心跳；還是會想起，在喜歡你的無數個日夜裡，每天都在演算一個對你告白的公式。

　　有些人註定只會活在你的心底，消失在你的生活裡。你從心底知道自己是愛他的，儘管已經記不起他的樣子。因為這愛如此深重，以至於你一度以為自己永遠也不會忘掉。直到有一天你發現，那些堆積在心裡的思念，竟然不知不覺變得無影無蹤。但至少，他曾經讓你覺得，遇見他，是一件值得被歲月祝福的事。

　　每一個離別，都可能是最後一次相見，每一個安然離去的背影，都可能是你我故事裡最後的畫面，只是那時我們都沒發現。並不一定每一個相遇都是久別重逢，但你若珍惜，

請把每一個久別重逢，都當作是最初相識。

　　有時候恍惚回到從前，陽光曬得那麼耀眼，家長的自行車、穿校服的同學和書包裡的作業本，空氣裡有青澀的味道。錯亂中好像感覺到你的影子，在我後面看著我，等我回過頭，好給我一個微笑。我多想重新認識你，從你叫什麼名字開始。

　　剪一段月光，織不出你的模樣；攜一朵浮雲，留不下舊時光。舊時光一定是個美人，才讓我們念念不忘。在青春的長河裡，我們無時無刻不在轉身告別，與人、與事、與一段感情，光陰荏苒，往事如煙，止不住的是那歲月的腳步。還好，我曾經遇到了你，在最美的年華遇見了最美好的你。

　　我沒有更多的祝福給你，只希望你那邊天氣適宜，有茶可以喝，有人關心，不會失眠，不會被騙。如果那裡天氣

晴朗，你就留在那裡；如果那裡風雨淒涼，請趕快回到我身旁。願再次相見，你我都已褪去青澀不安，笑著問候。

多年以後，我沿著曾經的腳印，找尋那些丟棄在回憶裡的有關於你的溫馨，突然發現，堅強的自己竟然無法負荷一滴眼淚的重量。人生總有太多無奈的風景，每一個故事的背後都醞釀著諸多的懂得，每一滴眼淚的背後都隱藏著一段無法忘懷的曾經。

並不一定每一個相遇都是久別重逢，

但你若珍惜，

請把每一個久別重逢，都當作是最初相識。

高寶書版集團
gobooks.com.tw

高寶文學 058
後來，我喜歡的人都像你

作　　者　萬詩語
主　　編　楊雅筑
封面設計　黃馨儀
內頁排版　賴姵均
企　　劃　何嘉雯

發 行 人　朱凱蕾
出　　版　英屬維京群島商高寶國際有限公司台灣分公司
　　　　　Global Group Holdings, Ltd.
地　　址　台北市內湖區洲子街 88 號 3 樓
網　　址　gobooks.com.tw
電　　話　(02) 27992788
電　　郵　readers@gobooks.com.tw（讀者服務部）
　　　　　pr@gobooks.com.tw（公關諮詢部）
傳　　真　出版部　(02) 27990909　行銷部 (02) 27993088
郵政劃撥　19394552
戶　　名　英屬維京群島商高寶國際有限公司台灣分公司
發　　行　英屬維京群島商高寶國際有限公司台灣分公司
初版日期　2021 年 4 月

國家圖書館出版品預行編目 (CIP) 資料

後來，我喜歡的人都像你 / 萬詩語著 . -- 初版 . --
臺北市：英屬維京群島商高寶國際有限公司臺灣分
公司, 2021.04
　　面；　公分 . --（高寶文學；GLA058）

ISBN 978-986-506-020-6（平裝）

855　　　　　　　　　　　　　110001621